古拉格氣象學家

LE MÉTÉOROLOGUE

奧立維・侯蘭 Olivier Rolin 著

林苑 譯

獻給瑪莎

我思，我讀
在風的聖經裡

——《黑人》（*L'Homme noir*），謝爾蓋．葉賽寧（Sergueï Essénine）

導讀

見證紅色恐怖——屬於全人類的古拉格記憶

◎倪世傑

對當前中壯年以上的台灣民眾而言，「古拉格」*1並不是一個陌生的名稱。榮獲一九七〇年諾貝爾文學獎桂冠、知名的蘇聯政治異議作家索忍尼辛（Aleksandr Solzhenitsyn）於一九八二年訪台並於中山堂發表公開演講，其大作《古拉格群島》一書中譯本（聯經）同時於台灣出版，蔣氏統治集團的「反共大業」在台灣又獲得新的能量。極其弔詭的是，在後美麗島時期的台灣，「古拉格」反倒給予主張「反共復國」的國民黨政權新的正當化基礎，而當時有「台灣古拉格」之稱的火燒島，仍長期關押著一群分別支持台灣獨立自決以及回歸紅色祖國的政治犯。無獨有偶的是，當時執政黨已落入遲暮的蔣經國總統之手，他在一九二五至一九三七年間曾留學蘇聯並在當時成為堅定的共產主義者，也是史達林時期「大清洗」的親身見證人，卻也操刀戰後台灣社會的大清洗。二十世紀上半葉是帶著血腥味的意識形態恣流的年代，杜聰明、郭琇琮、呂赫若這一代知識分子的不幸遭遇與運命，與《古拉格的氣象學家》一書中的主人翁范根格安姆（Alexei Feodosievich Wangenheim，1881—1937）的最後遭遇竟是相當雷同的：皆堅信社會主義為人類前途之所繫，但前者被白色恐怖連根拔起，後者則是命喪於史達林的紅色恐怖。

《古拉格的氣象學家》這本書是由獲得多次文學獎的法蘭西作家侯蘭，根據范根格安姆在集中營三年中寫給妻子瓦爾瓦拉（Varvara Ivanovna Kurguzova）與女兒艾萊奧諾拉（Eleonora Wagenheim）的信件為基礎，進行多次的社會調查後，從紅色恐怖被害者的角度，認識史達林在兩次世界大戰期間那段相對平和的日子所進行的「大清洗」，究

*1「古拉格」是 GULAG 的音譯，係全名為 Glavnoe Upravlenie Lagerei 的縮寫，即「勞改營管理總局」。自一九二〇年代設立後，在蘇聯各地皆有，每座關押 2000 至 10000 名左右的人犯，一九五三年史達林去世後，繼任的赫魯雪夫「批史」的同時也順勢關閉了古拉格，數以百萬計的「囚犯」得以獲釋。但是古拉格並未因此全數消失，部分古拉格於一九七〇至八〇年代重新恢復，關押一般犯人、政治異議人士以及各地的反蘇維埃的民族主義者。直到一九八五年戈巴契夫——這位古拉格犯人的孫兒——上台之後，古拉格才悉數消失在蘇聯的版圖。

竟是一個什麼樣的歷程，這些受難者在勞改營中，又是如何度過人生的最後歲月。

誰是范根格安姆？

范根格安姆，出生於一八八一年沙俄時期烏克蘭的富農家庭，曾經擔任過沙皇時代的軍人，但同情列寧發動的十月革命。他是蘇聯首位水文氣象局局長暨蘇維埃人民委員會水文氣象委員會主席，著手建立蘇聯的水文、日照與風力等氣象檔案，為這片覆蓋世界陸地面積六分之一的大國建立氣象情報網，一個終身信奉蘇共以及社會主義的先進性的共產黨員，一生的志業是將社會主義建設搞到天空上去。

對蘇聯而言，范根格安姆對氣象的研究應用範圍相當廣泛，從明天衣服該怎麼穿的天氣預報、挑選適合撒種耕種的日期、引導飛機起降，從民生到軍事無一不包。一九三二年他組織了一個探討氣候對人類影響的會議，探討氣候對健康與城市規劃，在當時絕對是舉世創舉；一九三三年九月底，也就是他遭到逮捕的前一年，蘇聯的 USSR-1（書中作 URSS-1，為法文）平流層高空氣球成功升到了近十九公里高空的全球創舉中，也有賴臨危授命的范根格安姆調教偵測儀器，完成這一項絕對「超英超美」的任務。

這麼一位忠誠於蘇共與勞動群眾利益的科技文官，卻於一九三四年底遭到逮捕，與眾多貴族、大主教、知識分子以及其他來自世界各國卻不服從史達林的共產黨人，在臨近北極圈的索洛維茨基（Solovki Island）的古拉格共度人生中最後一千個日子。在一九三七年十一月的槍響中，一千一百一十位當時的社會菁英，一齊劃下人生的終點。在索洛維茨基強制勞動的期間，范根格安姆，這位在艾萊奧諾拉生命中缺席的父親，孜孜勤勞地通過天象與小動植物為內容的插畫，以及一些讀來無甚有趣的小謎語，「遠距」教育著千里之外女兒。其後成為生物學者的艾萊奧諾拉終身未嫁，並於二〇一二年自盡。在她走向生命盡頭前，終身無法釋懷的是遭遇如此待遇的父親，在生命即將逝去之際，為何還能繼續忠誠於這個殘酷無情的史達林以及社會主義建設？

史達林的大清洗

侯蘭指出，范根格安姆之所以被殺害，遠因是其富農家庭的背景以及一個曾經投身

「白軍」而流亡的兄弟，終因是為一九三二年的大饑荒充作「氣候預測失誤」的替罪羊，近因則是在其上級的單位「人民土地委員會」中查獲「反革命分子」而受牽連招致其禍。這段歷史，眼尖的讀者不難與「延安整風」、「文化大革命」聯繫起來。的的確確，史達林時期對國內的高壓統治絕對可以「國家恐怖主義」加以定性。

回到後列寧時代的蘇聯政治發展，吾人就比較能夠理解這個宛如「溫水煮青蛙」的政治過程。自一九一七至一九二三年間，俄羅斯內部發生紅軍與白軍爭奪國家政權的內戰，白軍為農村與西方國家所支持，范根格安姆的身分，相當程度種下了他不被蘇聯高層信任的因子。再來是一九二八至二九年強調發展重工業的第一個五年計畫，這就需要從農村榨取經濟剩餘，政府用低價向農民購買農產品，一方面供應城市無產階級需要，另一方面出口賺取外匯購買工業器材。去富農化運動（Dekulakization）與農業集體化同時進行，那些被指為國家敵人的富農——其實大多為不支持農業集體化的小農——人數高達二百餘萬人，直接強制遷移到西伯利亞、烏拉山、中亞的加盟共和國等荒地進行五年計畫中的「大墾荒」工程。但也因為生活艱困，逃跑者所在多有，在都市中行乞或幹起盜匪的勾當，形成嚴重的社會問題。同時，農村勞動力一方面陷於短缺，另一方面農民抵制集體化，導致農業生產效率低落，因而造成了一九三二年的大饑荒。造成這場大饑荒的原因與一九六〇年代中國「大躍進」下的三年饑荒異曲同工，並不是如莫斯科與北京宣稱的「三年自然災害」。

自一九二七年開始，蘇共當局開始界定「有害社會成分」，並將因此被界定為「壞分子」的民眾送往各地的古拉格從事強迫勞動。隨著農業集體化觸礁，有害社會成分的內容益發擴大化，這包括不服從農業集體化政策的農民，都市中的流浪者與罪犯、政治上的不同意見者，而最惡名昭彰的是擴大到其他國內少數族裔群體，投射出蘇共擔憂國外資本主義勢力滲透而引發的仇外情緒。蘇聯境內的吉普賽人、庫班—哥薩克人、德裔、波蘭裔、芬蘭裔以及朝鮮裔都在發配中亞與西伯利亞的行列，甚至到了一九三七年夏，將近七十萬名德裔與波蘭裔民眾直接被處決。*2 *3

國家恐怖主義下的政治文化

國家恐怖主義的受害者究竟還能夠做些什麼？侯蘭本人其實相當期待在范根格安姆

與其妻來往的信件中發現他批判黨或領導人的蛛絲馬跡，但是每次都讓他失望了。即便他也知道他寫給史達林等黨高層的陳情信皆石沉大海，似乎亦無損於范根格安姆對黨領導人以及社會主義的未來所抱持的強大信心。有鑒於他明確地表明「在最初幾個月他們拿家庭安全威脅我的時候」，我們可以推測他不斷對黨表忠，可能是出於保護家庭安全的需求，但我們也不能否認，野心勃勃的蘇聯相較於過去的帝制，確實給予像是范根格安姆等科技菁英一展長才的機會，而他也確實獲得了這個機會。

然而，那個時代的范根格安姆們可能更專注於如何建設這個偉大的新國家而忽略了政治局勢。在一九二〇年代內戰後到農業集體化前的短短幾年，史達林政權確實還未達成中央集權，但從以上提到的大規模且有目的性的人口移動中不難看出這個政權的殘酷性格，除非，范根格安姆們對這些大規模的人口移動以及伴隨而來的污名化均視而不見，直到黨/國家機器直接找上門，才知大禍臨頭？於一九一八年逝世的俄羅斯革命家普列漢諾夫（Georgi Valentinovich Plekhanov）生前雖未能目睹史達林上台，但他卻早已預見了史達林主義的橫空出世。即便缺乏經驗證據，但他判斷在經濟不發達地區的社會主義政權為了組織生產，往往變質為父權制與威權制的共產主義，在這底下，則是羸弱的工人階級以及對政治冷漠的民眾。由於計畫經濟需要方方面面的專家與科技人員的估算與預測，使得專家與科技人員在之後蘇聯內政治地位與權力大幅提升，甚至形成「新階級」，但這終究是後話，范根格安姆們其時或是出於對政治的冷漠，或是無視於新形成的壓迫結構，又抑或是更等而下之的，服膺黨的領導下的忠誠，最後都讓自己成為獨裁政權的俎上肉。馬丁・尼莫勒牧師（Martin Niemöller）在波士頓猶太人大屠殺紀念碑所提的銘文，不偏不倚地為范根格安姆們的命運下了最佳的註腳。*4

身繫鐵幕的氣象研究者，通過沒有國界的大氣與水文，在包覆以恐懼的極權政治鐵蹄下想像著某種從未真正擁有的自由，然而，在當年的史達林統治期間，所謂的資產階

*2 Kangaspuro, Markku. 2015. Stalinism as a Structural Choice of Soviet Society and its Lost Alternatives. In *Discussing Stalinism: Problems and Approaches, ed. Markku* Kangaspuro and Vesa Oittinen, 74-92. Helsinki: Aleksanteri Institute; Gerlach, Christian, and Nicolas Werth. 2009. State Violence – Violent Societies. In *Beyond Totalitarianism: Stalinism and Nazism Compared*, ed. Michael Geyer and Sheila Fitzpatrick, 133–79. Cambridge: Cambridge University Press.

*3 Petrov, Nikita. 2018.“Don’t Speak, Memory: How Russia Represses its Past.” *Foreign Affairs*, January/February 2018.

級自由與人權觀念在這片廣袤的土地上是相當稀缺的，所存在的僅僅是隨著農業集體化而來黨國權力的恣意擴張，而史達林的暴力統治，隨著他於一九五三年三月亡故後暫時劃下句點，繼任的赫魯雪夫同樣殘暴地處決了貝利亞，但因為貝利亞作為史達林鷹犬的惡行劣跡為人深惡痛絕，赫魯雪夫此舉反而獲得民眾支持，與史達林大相徑庭，「修正主義者」赫魯雪夫以開明的形象贏回蘇聯民心。范根格安姆的案子在赫魯雪夫批判史達林的蘇共二十大後獲得平反，而古拉格的殘虐暴政，卻直到一九九一年民主化之後政府祕密檔案公開，方得以有機會重建天日。

古拉格的現在進行式

過去歷史留下的傷口，在二〇一九年的今天看來卻格外諷刺。在二〇〇四年「顏色革命」漸次發生之後，同樣以防範西方國家為由，普丁總統展開恢復俄羅斯大國光榮為內涵的國族再締造工程，威權主義的作風取代了一九九〇年代曇花一現的自由民主。當前的俄羅斯甚至出現了一股懷念史達林的風潮，位於莫斯科的列瓦達民調中心（Levada

Center）二〇一九年四月的民調指出*5，高達70％的受訪者表示「史達林的統治對國家是好的」，對史達林任內的壓迫，持正面與負面態度者分別為46％與45％。俄羅斯社會學者琵琵雅（Karina Pipiya）認為*6這個現象反映的是經濟表現不佳、民眾生活水準倒退的當今俄羅斯，在「偉大的護國戰爭」中獲勝的史達林是一個能夠喚起大國光榮感的對象，而且愈來愈多的青年人對史達林抱持好感，即便他們出生的時候紅色政權就已經倒台了。

史達林並未真正的死去，他極度擴張國家權力、踐踏少數族裔群體與基本人權的極

*4 尼莫勒牧師被希特勒親手送進集中營，在他離開集中營後赴美在波士頓的紀念碑留下以下這一段碑文：「起初他們（德國納粹黨）追殺共產主義者，因為我不是共產主義者，我不說話；接著他們追殺猶太人，因為我不是猶太人，我不說話；後來他們追殺工會組織者，因為我不是工會組織者，我繼續不說話；此後他們追殺天主教徒，因為我不是天主教徒，我還是不說話；最後，他們奔向我來，再也沒有人站起來為我說話了。」

*5 BBC, "Joseph Stalin: Why so Many Russians Like the Soviet Dictator." 1.04.2019, BBC website: https://www.bbc.com/news/world-europe-47975704. Access at 04.10.2019.

*6 同前註。

權主義政策風格在諸多國家都仍持續進行著。當前一股反自由主義的威權主義——無論其名為極右派、極端民族主義還是民粹主義——在世界各地都出現復甦的跡象。在歐洲，極右派政黨在許多國家都站穩了腳跟，傳統的保守派政黨言論與政策往極右派挪移的跡象甚明。當前世界兩大強國更是毋須多說，美國川普總統將非法移民的子女集中化管理，而中國的新疆更活脫是維吾爾族的大型集中營。

「古拉格」看似殷鑑不遠，但卻又已明目張膽地捲土重來……

作者簡介　倪世傑，中央研究院人文社會科學研究中心博士後研究學者。

推薦文

眩暈中的平凡凝視

◎朱嘉漢

當你閱讀這本書，企圖理解這個故事，了解這個從大歷史的殘骸中試圖打撈起的人物。你會發現，這其中述說的，不僅是這位蘇聯氣象學家的故事本身，更是敘事者怎樣發現這故事，如何說這故事，怎麼感受與處理這段史料的「故事」（是的，這也是某種故事）。作者的聲音克制，卻無所不在，不避諱地向我們展現他的處理姿態。換言之，除了將史料再現為氣象學家的故事外，也再現了作者的姿態。稍微敏感的讀者，也不難同時瞥見作者的性格形貌。因此，這本書的閱讀建議之一，是放緩在作者的目光。跟隨著吸引著他的事物，直到最後「第四部」的思索。

換句話說，真正的故事，在於相遇。作者是怎麼與氣象學家女兒所保留的畫冊邂逅的，又如何激起他的探尋，才是這本書真正推進的動力。

「雲，是他的專長。」作者如此開場，卻直接告訴我們，阿列克謝・費奧多謝維奇・范根格安姆，「不是個異想天開的人物」，甚至「有些呆板」。這個人的信念與興趣單純，確實有點呆，在他成長年代，在那「很契訶夫」的地方看著雲，見證那個「俄羅斯可能走向另外更好的一個未來」的時代（當然，後來是走向另一個）。

主角生長在俄羅斯的「空間」。是的，「空間」，作者不僅一次提及這不證自明的事實。甚至，不僅關於這本書，而是關於作者對俄羅斯空間感知與體會，乃是從所謂「空間面前的眩暈」開始的。純粹的、廣大無邊的空間。也許就是這樣無從想像（因此不需要額外的想像），作者在想像凝望著同樣天空的氣象學家，可以格外地專注在「個體」上。

在本書的「第一部」，我們可能曾一度猜想，這是未被埋沒的天才，留下未竟事業的英雄。除了擔任水文氣象局長外，也有著手建立「風力檔案」、「日照檔案」的某種先見之明。然而沒有。很快地，他被指控、監禁，這其中沒什麼特殊的理由，甚至連重大的冤案也沒有。事實上，在史達林時代，無論身分貴賤，無論心態為何，如何作為，正如作者所說，「所有人」都被判了「死緩」。

於是，從本書的「第一部」的背景與被逮補，到「第二部」：索洛韋茨基特別營（即因索忍尼辛而知名的「古拉格群島」的勞改營之一）。那份監禁歲月，從等待，到漫無天日的煎熬過程。氣象學家曾有過的一切被撤銷，抹平，與家人分隔外，更痛苦地見證自己淪落成廢材。正因他如此單純，才在這毫無道理的世界，不斷寫信給史達林博取公道的過程中（當然，那些信寄不到），活成了存在主義式的故事人物。忍不住在行刑前想咒罵一聲「像條狗」的小人物。

作者看著這位不幸的人，不虛構，也無法虛構。因為即使在這樣的絕望下，「他，阿列克謝，不是一個反抗者」，「他就是一般人，一個不問問題的共產主義者」。然而，就在作者詳細重構時代的氛圍中，這平庸無辜之人的清白，散發著光芒（令人相當不捨）。

我想，這小小的光輝，正是這本書最動人之處。阿列克謝對妻女不懈的愛，妻子的漫長等待，無緣與父相處的女兒終其一生對父親的珍惜。還有本書「第三部」，關於那些拯救起被抹煞的檔案（作者將那些血淋淋的屠殺不保留地呈現在我們眼前），不因正義遲來或可能終究徒勞而放棄的人們。

儘管到頭來終究是悲劇，猶如俄羅斯的空間，蘇俄的血腥歷史也如此令人眩暈地使所有人在劫難逃。始終是「空間」，作者說，那個他父母被保持著希望看待的烏托邦裡，無數如阿列克謝這般的平凡者被殺害。

即便如此，作者努力地想看見什麼，同時，努力「使」讀者看見的，不過是這樣的事：無須添加多餘的特色或英雄氣息，只須如實地「看見」的那份平凡。

「不應輕率對待」，作者說。

如果今日，面對過去，我們已經稍稍進步，能看見「平庸的邪惡」。那麼，關於受害者這一邊，「平凡的無辜者」，也需要我們在回望過去所體會的不適、難以想像當中，敲響警鐘，看見那份平凡的真實存在。

那幅圖景，或許就像阿列克謝留給女兒的畫冊裡的植物，不是謎語，而是謎底本身。

這就是我們接下來要看的故事。

作者簡介　朱嘉漢，一九八三年生。現為北藝大兼任講師。著有長篇小說《禮物》。

目次

第一部

1

雲，是他的專長。拖著長長冰羽的卷雲，高聳層疊的積雨雲，支離破碎的層雲，給太陽罩上短面紗的高層雲，裝點天幕就像給沙灘留下紋理的小波浪層積雲。還有光，為這些一大片一大片任意變幻的形狀鑲邊，軟綿綿的大塊頭裡掉出來的是雨雪和雷電。他倒不是個異想天開的人物——至少我認為不是。我所知道的關於他的事情裡沒有任何資訊將他指向不著邊際之流。他是國際雲委員會裡的蘇聯代表，他參加全蘇關於霧的大會，他在一九三〇年創建了天氣辦公室，但這些詩意的名稱並沒有讓他飄飄然，他是個腳踏實地的人，一位從事科學行業的科學家，其服務的當然是社會主義建設，他不是南布斯教授[1]。雲朵不是遐想的藉口，他身上沒有什麼輕柔的特質，我甚至疑心他有些呆板。一九二九年，他成為蘇聯水文氣象局的第一任局長，著手創建水文誌、風力檔案和日照檔案。他想必不抱什麼詩情畫意的念頭，要把轉瞬即逝的東西繪成圖表，靠的可不是想像；讓他感興趣的是具體的事，是可測量的現實，是氣流的碰撞，是河流的最低水位，是積冰和流冰，是雨帶的挪移，是這些現象對農業和蘇維埃公民生活的影響。社會主義要建設到天上去。

一八八一年，他出生於克拉皮付諾（Krapivno），烏克蘭的一個小村莊……

2

不過，在開始講述這個本以悠然觀察自然為己任，卻被歷史狂潮碾碎的男人的生死之前，我要說說在他消失（以後你們會發現這個詞用在他身上是多麼名副其實）多年之後，我是如何和他的命運有了交集。故事並非是從天上或雲朵裡掉下來的，有封介紹信在我看來是件不錯的事。二〇一〇年，我受邀到阿爾漢格爾斯克[2]的大學演講。迎接我的是俄羅斯特有的熱情，這種熱情伴隨冷漠甚至是粗暴，一起構成了俄羅斯生活的特點。人們扯了一面歡迎橫幅，還找出了我上一次來訪的照片（我時常去那裡）；壞處

1 南布斯教授（Professeur Nimbus），法國漫畫家安德烈・戴克斯（André Daix）筆下著名的漫畫人物，頭頂只長著一根像問號一樣的頭髮，現在往往被用來指行為古怪、頭腦不清的科學家，而 nimbus 一詞本身就有雨雲的意思。

2 阿爾漢格爾斯克（Arkhangel'sk），俄羅斯西北部港口城市，阿爾漢格爾斯克州首府。

嘛，就是把歲月的痕跡展露無遺，但不管怎樣還是很客氣的。人們也許沒有用迎接總統的排場來迎接我，但，這麼說吧，也有區長的規格了。我喜歡阿爾漢格爾斯克，因為城市名字來自於大天使，因為環繞著它的海灣。冬天，人們踩著木板鋪就的小道跨海，木屋透出的蒼白燈光在夜色中閃爍，我最初幾次來這裡時，這樣的木屋還很多（它們只有極少一部分能在日後抵禦住唯利是圖的房地產商人）。也因為我感覺阿爾漢格爾斯克的女子特別漂亮（我記憶中有踩著輪鞋滑過的小麥色裸腿，頭髮在風中飛舞，蜻蜓在兩旁護航，在德維納河堤上，那是個五月。普魯斯特有他的自行車少女[3]，我也有我的……）。我依稀記得桑德拉爾[4]似乎在哪裡講到過阿爾漢格爾斯克的金鐘（或金鐘樓？），但我哪兒也沒見著。無關緊要了，作家不僅僅留下他們寫過的文字，也留下人們心目中認為他們寫過的文字。

接著我坐上了每週兩次從阿爾漢格爾斯克飛往白海中央的索洛韋茨基（Solovki）群島的小飛機（確切地說，是一架安托諾夫 An-24）。海水一結冰（而且一年要冰凍六個月），就沒有別的方式可以抵達那裡了。飛機上，坐在我旁邊的是一名長相酷似喬治・培瑞克[5]的年輕神父（我不敢肯定培瑞克會喜歡這樣的類比，神父也是，如果他知道培瑞克是誰。但事實就是，他長得很像培瑞克）。聖人拿了個電子閱讀器，現代到讓我望塵莫及，又不免覺得它跟宗教人士格格不入，何況還是個俄國人。高科技玩意外面罩了個皮套，他對皮套上的聖母毫不吝惜他的吻。我斜眼瞟他的螢幕，希望看到他正在讀的是色情小說，但我得承認事情並非這樣。

我從照片上看到的美景，讓我決定開展這趟旅程。的確，還沒完全走出藍色木板搭建的小機場，就能看到延伸在海灣和白雪覆蓋的湖之間的堡壘——修道院，道道城牆，矮胖的金塔和鐘樓，我明白，我來對地方了。這裡和聖蜜雪兒山一樣美，但與之不同的是：海中央的宗教兼軍事古蹟，監獄——在聖蜜雪兒是朝上拔地而起的，而這裡是平面攤開的。而且這裡沒有人，也沒有劣質的旅遊紀念品。我花了好幾天時間在島上走，走在白色的風景和黑色的冰凍湖之間，針葉林被夕陽染紅且久久不褪。在一家名叫「庇護

3 指《追憶似水年華》中騎自行車的少女阿爾貝蒂娜。

4 布萊斯．桑德拉爾（Blaise Cendrars，1887—1961），出生於瑞士，後入法國國籍。冒險家、作家、詩人。

5 喬治．培瑞克（Georges Perec，1936—1982），法國當代著名的先鋒小說家。

所」（Priout）的迷你小旅館，我找到了棲身之處。老闆娘卡緹婭頗具風韻，非常愛笑（作為一名親俄分子而常遭某些朋友假意指責的我也不得不承認，這個特點在那裡並不常見），她很嬌美（我覺得「豐腴」這個詞很適合）、可愛，直誇我的俄語講得很好。夜晚，從我的房間望出去，看到城牆和外壁剝落的圓頂在冰上閃耀。我沒有想到，就在此時，寫一本書的想法正在我身上生根——但事情往往都是這樣，暗自醞釀。

這座修道院由修士建於十五世紀，是俄羅斯最古老的修道院之一。那以後的每個時代，用途不一，從一九二三年起，它迎來（如果這個詞合適的話……）日後名為「勞改營管理總局」麾下的第一所勞改營，總局的名稱為「Glavnoïe Oupravlénié Laguéreï」，首字母縮寫GOULAG[6]，就是臭名昭著的「古拉格」。那一趟回來，我把能找到的關於這段歷史的書讀了一遍，從而得知這個勞改營裡曾有一座圖書館，藏書三萬冊，均直接或間接來自犯人，這些犯人大部分是貴族或知識分子——也就是說，以前的老爺、夫人或是「bitchs」（這字不是英語裡的婊子，而是「byvchi intelliguentny tcheloviek」，政治員警口中的前知識分子）。慢慢地，我有了拍一部片子的念頭，於是，二〇一二年四月，我再次來到索洛韋茨基（Solovki），為拍攝採路。

安東尼娜．索齊娜，索洛韋茨基的活記憶接待了我。她是位迷人的老太太，似金似紅的頭髮，藍眼睛，身穿高領毛衣和牛仔褲，充滿活力。她的家中滿是書籍和植物，她製作的漿果果醬美味無比。俄羅斯人酷愛漿果，藍莓、越橘、小紅莓，還有一種我叫不出它的法語名，如果它有法語名的話。這種「marochka」狀若橘色的覆盆子，長在沼澤地，好吃到什麼程度呢，據說普希金臨死前還要求能吃到來著（漿果和蘑菇是俄羅斯人的基本食材，甚至也是他們想像力的源泉。「iagoda」是俄語裡漿果的統稱，奇怪的是，它也是一九三四至一九三六年國家政治保衛局，即格別烏和內務人民委員會的領導人的姓）。在安東尼娜給我看的書裡頭，有一本封面是雲的畫冊，非商業出版物，出自一位勞改犯的女兒之手，為的是紀念她的父親，阿列克謝．費奧多謝維奇．范根格安姆，一位氣象學家，一九三四年被流放至索洛韋茨基。畫冊有一半是他從勞改營寄給女兒艾萊奧諾拉的信件的複製品，他被捕的時候，她還未滿四歲。信件中有植物圖集，有線條乾淨、天真、沉著的圖畫，用鉛筆或水彩著色。裡面有北極光，有海冰、黑狐狸、

6 此為法語寫法。

母雞、西瓜、茶炊、飛機、船、貓、蒼蠅、蠟燭、鳥……標本圖集和畫都很美，但它們並非只為取悅視覺而存在，是肩負著教育目的。父親依靠這些植物教給女兒基本的算術和幾何。一片葉子的裂片數量可以表現基礎數目，形狀呈現對稱或不對稱；一粒松果可以闡明什麼是螺旋。圖畫則是謎語的謎底。

父親和他永遠無法再相見的幼女之間的隔空對話，距離再遙遠也要為她的教育出力的心，在我看來很是感人。同樣感人的還有女兒對這位她接觸甚少的父親從未停歇的愛，我在安東尼娜家裡看到的這本紀念畫冊便是明證。她說，他是一位出色的鋼琴家，她還記得聽他彈過〈熱情〉、〈月光〉和舒伯特的即興曲。他喜歡普希金和萊蒙托夫。直到一九五六年，他死後被平反的那一年，她說，我母親還在等他回來。她還說，每當我行為有什麼不恰當的地方，我母親就會說等我父親歸來那天我會在他面前感到羞恥，用他的眼睛審視我自己成了我生活的準則。他和其他千萬人一樣因史達林的瘋狂而葬身，寫他的故事的想法開始在我心裡萌芽。之後我在莫斯科見到了一些人，他們在生活的另一頭認識了艾萊奧諾拉，他們幫我完成了萌芽的過程。艾萊奧諾拉後來成為一名知名的古生物學家，我沒能見到她，她不久前死了，我會在後面詳述。我甚感遺憾，她沒能活得更長一些，沒能知道她那本紀念父親的冊子竟然促成另外一本書的問世，而且相隔很遠，在另一個國家，用另一種語言。

3

那麼，他就是在一八八一年出生於克拉皮付諾，烏克蘭的一個村莊，村莊名字意為「蕁麻生長的地方」。蕁麻到處都是，因此在俄羅斯南部和烏克蘭就有了許多克拉皮付諾（巴別爾[7]的《紅色騎兵軍》從第三行開始就出現這個名字）。他出生的那個村莊在小城涅任（烏克蘭語為 Nijyn）附近，涅任的中學以出過果戈里這樣的學生為榮。他的父親，費奧多西·佩特洛維奇·范根格安姆，是位爵爺，一名小貴族，亞歷山大二世時期的地方議會議員。這個很不俄國的姓顯示出遙遠的荷蘭血統，也許是當年給彼得大帝造船的木匠，後來在烏克蘭得了塊賞地。肖像照上的費奧多西·佩特洛維奇，灰色的波浪鬈髮和蓬亂的鬍子如項鍊般圍著一張頗親切的面孔，甚至微微有些——或者說可能有些——輕浮。我把他想像成契訶夫筆下的人物：理想主義者，愛高談闊論，滿腦子關於社會進步的模糊主意，追逐美色，熱衷牌局，意志薄弱。他對自己的農藝頗為得意，在一個叫烏尤特諾伊的小地方開闢了一片試驗種植園，連接莫斯科和基輔、通往沃羅涅日的鐵路就打那裡經過。在烏尤特諾伊的夏夜，他巡視完園裡的黑醋栗、醋栗和覆盆子，和穿著輕柔飄逸、淺色衣裙的女士們一起看過夕陽紅掠過黑麥尖，之後便來到陽台底下，以雪茄配干邑，與醫生和預審法官談論人民的教育，批評沙皇的專制。他的一個女兒坐在鋼琴旁，彈奏一小曲舒伯特或蕭邦……以上純屬想像。他和瑪利亞·庫夫奇尼科娃育有四個女兒，這點倒是經過考證，還有三個兒子，其中就有雲的朋友阿列克謝。無論如何，費奧多西·佩特洛維奇肯定不是反動派，十月革命之後，他拒絕跟他三子之一——尼古拉一起出走海外，還成為土地人民委員會的參事。而且他還任憑所有孩子——包括女兒們！——專修科學。

我很樂意這麼設想，阿列克謝·費奧多謝維奇看著無邊遼原上的雲卷雲舒，心裡生出對氣象的好奇。俄羅斯和烏克蘭這般的鄉村景色，不知在畫家、作家筆下出現過多少回。空間深遠到令人暈眩，遼闊中，一切似乎靜止，只有鳥鳴劃破寂靜，鵪鶉、布穀、

7 伊薩克·巴別爾（Isaac Babel，1894—1940），蘇聯猶太小說家、戲劇家。

戴勝、烏鴉。麥田或黑麥田，連綿的藍草上點綴著苦艾的黃花，車轍壓就的道路從中穿過。幾棵樺樹，纖細的楊樹，教堂的金色球頂在遠處閃爍，一片村莊的屋頂，偶爾有條小河微微泛光：這便是（俄烏邊界的）「草原」景色，「在故鄉」[8]那個地方，很契訶夫。而那些年正好是他創作這些作品的年分；是葉賽寧詩中的風景，也是希施金或列維坦的畫。有時候，沒有盡頭的地方會出現火車頭的煙囪，提醒貌似凝固的時間有些新鮮事正在發生，也許是進步，也許是威脅。在平坦大地映襯的天空中俯視這一切的，是「奇妙多姿」的雲，在伊凡・蒲寧的小說《阿爾謝尼耶夫的一生》中，年輕的敘述者曾經呆望著這樣的雲朵出神；還有來勢洶洶的雲，給陽光下的田野繡幾朵影子，像風景畫家薩弗拉索夫在一八八一年畫的那樣——那一年，阿列克謝・費奧多謝維奇出生了。

這般被空曠吞噬的景色，同樣可以在另一位醉心於科技的貴族——謝爾蓋・普羅庫金—戈斯基[9]在二十世紀初拍攝的一些彩色相片上看到。他跑遍俄羅斯帝國，從卡累利阿的森林到中亞，拍攝了大量影像資料——三千五百張底片，其中近兩千張被保存下來。這位發明家、攝影師有一幅自拍照，攝於喬治亞一條河邊，軟帽底下一張憂傷的長臉上架著一副圓眼鏡，小鬍子往下垂耷。他和契訶夫，和他的朋友伊薩克・列維坦，和蒲寧，還有范根格安姆父子，都在他們自己的位置，見證了那麼一個時期：那時候，俄羅斯歷史似乎可能走向另一個未來，比即將到來的陰暗、恐怖的那一個更溫和、更亮堂。這些照片上令人驚歎的不僅僅是奇蹟般真切的色彩，毫不誇張地說，更是觀者凝望風景時被天地相接的邊際線吸進去的感覺。那後頭有什麼？什麼也沒有，也許是世界的邊緣，又或者是一樣風景的無限重複。樹林、田野、草原、道路、烏鴉飛過、雲朵下的微縮村莊。俄羅斯是森林；俄羅斯是平原；俄羅斯是空間。關於我的主角的青年時代，我沒有得到什麼確切或有重要意義的資訊，但我能肯定的是，空間在他成長的年代裡扮演了一定的角色。

所以，我願意想像，曾有一天，阿列克謝．費奧多謝維奇．范根格安姆像蒲寧的阿爾謝尼耶夫一樣躺在草地上，心想：「真是美翻了天！騎上這朵雲飛呀，飛在高高的天上，徜徉在無邊的空中……」說不定他真這麼想過。但我認為事實還是更簡單一些，沒

8 指契訶夫的中篇小說《草原》以及短篇小說〈在故鄉〉。

9 謝爾蓋．普羅庫金—戈斯基（L.N.Tolstoy Prokudin-Gorsky，1863—1944），俄國化學家與攝影師，因其開創性的彩色攝影技術而知名。

那麼多詩意：是他父親將這一使命交給了他。因為，他父親顯然是個愛求知的人。他也試過搞氣象，在自己的地裡建過一個小觀測站。阿列克謝是在家庭中得到天地認知的科學啟蒙，他和父親一起參加區級農學大會，研究庫爾斯克地區的磁場異常，提出用面積計算植株數量的新方法（這部分更像是《布法爾和佩庫歇》[10]而不是契訶夫）。在烏尤特諾伊，描畫各種記錄儀的小指標在毫米紙上勾勒的弧線，降雨量、濕度、大氣壓、風力和風向。他已經完成奧廖爾中學的課程，希臘語、拉丁語、數學、教理、法語，全都良好或優秀，唯獨地理，很匪夷所思地只得了中等。世紀之交，他被莫斯科大學的物理數學學院錄取，但很快又因參與一九〇一年的學生動亂被開除。俄國人做事從不會淺嘗輒止，尤其在動亂方面，公共教育部部長被一名社會主義革命派的學生殺了。當然阿列克謝沒這麼極端，面對質詢他的院長，他聲稱自己原則上是反對暴力的，但還是參加了一些集會和投票，這點他承認，於是他被開除了。

然後是服兵役，然後是基輔工科學院和神速拿下的（一等！）文憑，然後是莫斯科農業學院，那時他還沒在天和地之間做出選擇，還寫了一些比較施肥過程中天然肥料和礦物化料各自優點的文章，這又回到了《布法爾和佩庫歇》，然後他到了庫爾斯克北部重鎮德米特里耶夫的中學教女孩們數學……這裡一筆帶過，我不負責為他寫簡歷，但不得不提的是，一九〇六年，他在德米特里耶夫做了一件重要的事：他和歷史及地理教師尤利婭·波洛托娃結婚了。他會有一個女兒，後來成為著名的精神病專家。這之後，是裏海水文氣象局，在彼得羅夫斯克港，如今的馬哈奇卡拉（他對這座封閉之海的水位變化頗感興趣，這個問題也曾經讓到過高加索的大仲馬很好奇，讓他生出離奇的設想：用某種帶開關閥門的天然河渠連接裏海和波斯灣）。然後是戰爭，他被徵召當了第八軍的氣象部頭頭，在加利西亞對陣奧地利人。預報風從哪裡來、會不會下雨，這些對毒氣戰很重要，那時候，從東到西，仗都是這麼打的。然後就是十月革命，他回到德米特里耶夫，內戰的戰線來來回回，他不在白軍那邊，不像他的哥哥尼古拉。白軍占領了城市，他就躲到農民家；紅軍把城市奪回，他成為群眾教育監察員，在村子裡開鼓動會，蓄著列寧式的山羊鬍，腳踩靴子，身穿深色工作服，頭戴鴨舌帽。他是州首席農學家，他在

10 法國作家福樓拜未完成的小說，故事主角布法爾和佩庫歇是兩名抄寫員，熱衷於「科學事業」，最終一事無成。

這裡那裡建了一些小氣象站，蒐集的資料可以改善農收，但他往往無法讓莊稼漢們相信風向標、風速表和其他一些轉輪、風杯等玩意並非造成乾旱的鬼把戲。

4

十年過去，我們現在到了上世紀三〇年代末，他和第一任妻子離了婚，和他在德米特里耶夫認識的瓦爾瓦拉・庫爾顧佐娃結了婚，她當時是德米特里耶夫第四十小學的校長。而他，曾經負責彼得格勒[11]地球物理總觀測所的長期預測，如今生活在莫斯科，剛被任命為新近成立的蘇聯統一水文氣象局局長。他是黨員，是名信仰共產主義的布爾喬亞，在一堆數不清的委員會、次委員會、主席團和科學理事會中占一席之地。他認識高爾基和列寧的遺孀克魯斯普卡婭、國民教育人民委員會委員盧那察爾斯基[12]，還有大學者、極地探險家奧托・尤里耶維奇・施密特，彼時探險家的光輝生涯才剛開始，在《蘇

11 今聖彼得堡。

12 阿納托利・盧那察爾斯基（Anatoly Lunacharsky，1875—1933），蘇聯文學家、教育家、美學家、哲學家和政治活動家。

維埃大百科》中，他的名字就列在梵谷之前。他看來有望成為科學院院士，獲得列寧勳章，諸如此類的。在那一時期的一張照片上，他的臉顯得比德米特里耶夫時期圓潤一些，刮掉了山羊鬍，只留下兩撇唇鬚，他有著和他父親一樣的波浪鬈髮，深色外套底下配著白襯衣，編織領帶上別著一支領帶夾，他看起來是位有模有樣的先生，比如列寧，有人見過他衣冠不整的樣子嗎？佛拉迪米爾．伊里奇[13]，他也是領帶配領帶夾，馬甲配懷錶鏈，時至今日依然是這身打扮，銅質或石質的三件外套，繼續在俄羅斯的所有廣場上對著群群幽靈們訓話。

在蘇聯整片領土上建立統一的水文和氣象部門不是一樁小事，這片領土，如蘇維埃宣傳部門所稱（總算也講了回真話）覆蓋「世界陸地面積的六分之一」。遼闊的大陸，原始，無人居住，沒有道路，北邊被北冰洋圍住，從波蘭到阿拉斯加，與日本、中國、蒙古、阿富汗、伊朗和土耳其為鄰，帕米爾高原、阿爾泰山脈和高加索山脈是它的褶皺，中亞的荒原酷熱難當，其他地方一年大部分時間又覆蓋著冰雪，大河交錯，從窩瓦河到阿穆爾河[14]……二二〇〇萬平方公里……當年覆蓋十一個時區（現在剩下九個）。俄羅斯，「這片一不做二不休的土地，像一灘油一樣流著流著，蓋住半個世界」，范根格安姆的「老鄉」尼古拉・果戈里如是說（多少有些誇張）。跟烏尤特諾伊甚至是德米特里耶夫地區相比，完全不是一個級別……今天，在我寫下這些字的時候，亞庫次克氣溫零下三十九度，索契零上十七度，一個九六八百帕的超低氣壓正在靠近堪察加半島，幾千公里之外，新地島以西，另一個低氣壓正在巴倫支海上空凹陷，與此同時，一〇三四百帕的高氣壓在西伯利亞中部停駐不前。打造一個能夠每天為巨人把脈且可發布預報的系統是一件繁重的工作，更何況還得戰勝各種關係複雜和眼紅他們地盤的官僚的抵抗，眾所周知，官僚惰性是沙皇時代的遺產之一，蘇維埃政權可是物盡其用的。

阿列克謝・費奧多謝維奇全力以赴，甚至滿懷激情。在後來的信中，他經常以一種相當奇怪的方式，稱統一水文氣象局為「我親愛的蘇維埃孩子」。他與行政部門鬥爭，強勢面對各個共和國，不停催促那些人民委員，他迫使他們一個個交出自認為擁有的那片天和那方水。他擴展他的氣象站網點，收到的消息來自薩哈林島的風，來自葉尼塞河

13 即列寧的本名。

14 阿穆爾河，在中國境內稱黑龍江。

每秒送走的幾千立方米的水，來自堵塞「北方海路」[15]、原稱東北航線的冰層，來自降或沒降在烏克蘭平原上的若干毫米的雨。與國家政治保衛局局長亞果達說的要對所有蘇維埃公民的公開意見和祕密念頭瞭若指掌同一個道理，他，阿列克謝・費奧多謝維奇・范根格安姆，是探測、蒐集並歸檔大陸情緒的大間諜。飛機要降落，船隻要在卡拉海上開闢航道，牽引機要在黑土上開墾，都需要他的情報。一九三〇年一月一日，第一則天氣預報乘波長三千三百五十公尺的長波在電台播出。這些預報自然不是為度假者或熱衷過週末的人準備的（那時候在世界無產階級的國家這樣的人也相當少），而是為社會主義建設，尤其是社會主義農業服務的。

天曉得社會主義農業有多需要幫助。一面消滅富農或所謂富農（有時只需擁有一頭牛就足以被認定為富農而遭流放或槍決），一面強行執行集體制、沒收農民餘糧，史達林的瘋狂政策在烏克蘭引起可怕的大饑荒。在阿列克謝・費奧多謝維奇度過童年和青年時代的那片土地上，有幾百萬人，可能是三百萬，在一九三二至一九三三年間死去。當人們吃完了貓、狗、蟲子，啃乾淨了動物骨頭，嚼完了草葉草根和各種皮革之後，吃死人的事也時有發生，甚至是助人快死。瓦西里・格羅斯曼[16]在《一切都在流動》中留下了對那段恐怖時期的描述：死寂、惡臭的各個村莊只剩下死屍，每天清晨，板車裝著乞討兒童的屍體輾過基輔的街道。是啊，當然，鄉村最需要的並非天氣預報，而僅僅是一點人道。但是他知道嗎？其他千千萬萬不知曉或無視了不起的「社會主義建設」的苦難尾流的人，繼續相信被解放的新人類正在蘇維埃聯盟崛起的人，他有比他們知道得更多嗎？這些人無視或接受這場饑荒（認為這是應有的代價，說到底，被餓死的是落後反動的農民），一如他們後來無視或接受大規模的流放和古拉格的死人。史達林，他當然知道烏克蘭的鄉村正在滅亡，卻執意不改變置人於死地的政策，因為「他錯了」這句話是萬萬不能說的，況且也是為了摧毀被他視為階級敵人的農民。克里姆林宮裡的位高權重者，類似卡岡諾維奇[17]、伏羅希洛夫[18]、莫洛托夫[19]這些位子上的人也知道，他們不過

15 指沿俄羅斯海岸線往返太平洋與北冰洋之間的海上交通線，大部分位於北冰洋海域。

16 瓦西里・格羅斯曼（Vassili Grossman，1905—1964），蘇聯作家，代表作《生活與命運》（*Life and Fate*）。

17 拉扎爾・卡岡諾維奇（Lazar Moiseyevich Kaganovich，1893—1991），前蘇聯領導人，史達林親信，原蘇共中央主席團委員，烏克蘭三大饑荒期間任莫斯科市委第一書記。

是些奴才頭頭，即使他們不贊同史達林的觀點也萬萬不敢反對他。但是他，阿列克謝．費奧多謝維奇，他不是高官顯貴，水文氣象局畢竟也不是內務人民委員會，他很可能不知道人們在他少年的田野上收割的是一串串的人頭，他覺得聽到的那些傳聞，即使他聽到了一些，傳聞也會很快被封鎖——散布這些傳聞可是要掉腦袋的——都是居心叵測的革命敵人用想像力捏造的謠言。絕妙的殺人機器也很擅於抹去死亡的痕跡，因此更令人生畏。他繼續完善他的氣象站網絡，精確他的預測，通過長波無線電播報天氣預報，心安理得地堅信他正在為社會主義建設（尤其是改善農業收成）貢獻自己的力量。

他高瞻遠矚。在他的領域裡他是個有遠見的人，或者說是個烏托邦主義者。他不滿足於撒網蘇維埃的國土，他更夢想一個世界範圍的氣象網。當然了，他想，要達到這一步，先得等無產階級革命贏得世界範圍內的勝利，他毫不懷疑這一天會到來。政治的假設是偶然的，而科學的預見，儘管很大膽，卻能被證實。只需點擊兩三下，我便能在我的螢幕上看到一個低氣壓正在靠近堪察加，另一個在接近新地島，風暴在鄂霍次克海上咆哮，高氣壓在西伯利亞中部攤開梯田般的弧線。我能知曉在充滿悲慘記憶的科力馬河[20]上的克雷姆斯克氣溫為零下三十一度，阿爾漢格爾斯克零下五度，阿斯特拉罕[21]零上五度，剛把一名獨裁者趕下台的基輔人民正享受著零度氣溫；相去甚遠的南美洲，在另一個半球，卻同樣讓我頗感興趣，智利的聖地牙哥二十八度，那裡陽光明媚，布宜諾斯艾利斯也是，雖然只有二十二度，反氣旋的柔和弧線從《魯濱遜漂流記》故事原型地胡安－費爾南德斯群島蜿蜒到彭巴草原，順道跨過了安第斯山脈。無需等待一場可能性愈來愈小的無產階級世界性革命，范根格安姆的夢便實現了。金色鞘翅、藍色矽翅，電子昆蟲般的衛星們在黑色的天空中運轉，監測著雲、雨、洋流、氣溫、潮汐，還有冰川的融化：這才是世界性的革命（現在我們管這叫「全球化」）。

那麼，在如今被稱為「能量過渡」的領域裡，阿列克謝．費奧多謝維奇可謂先知。他之所以讓人建立「風力檔案」，是因為他早就構想出大片風車林在白令海峽和黑海邊

18 克利緬特．伏羅希洛夫（Kliment Yefremovich Voroshilov，1881—1969），前蘇聯領導人，政治家、軍事家、蘇聯元帥。
19 維亞切斯拉夫．莫洛托夫（Vyacheslav Mikhaylovich Molotov，1890—1986），前蘇聯領導人，曾任蘇聯人民委員會主席（即總理）、外交人民委員（即外交部長）、蘇共中央政治局委員。
20 位於俄羅斯遠東的河川，古拉格勞改營被密集布設在該河流域上。
21 俄羅斯城市，阿斯特拉罕州首府，位於俄羅斯西南窩瓦河匯入裏海處。

上的堪察加轉呀轉的畫面，想到要用電流灌溉北邊冰凍的荒原和南邊滾燙的荒漠——共產主義，眾所周知，就是「蘇維埃制度加電氣化」22。「我們領土上的風能不僅是巨大的」，他在一九三五年寫道，「而且是可再生、取之不盡用之不竭的。它使我們有能力去對抗乾旱和荒漠，要把燃料輸送給荒漠上的發動機不容易，但那裡有的是強勁的熱風，風可以將荒漠變成綠洲。在北邊，風可用來取暖和照明」。這樣的話出現在他被流放到索洛韋茨基群島後給妻子寫的信中。那裡，一年中有一半的時間都在颳大風，風把大樹吹得搖擺咆哮，把雪道上結隊前行的勞改犯們的脊背凍成冰。他在那裡的某本雜誌上讀到一篇關於風能的小文章，不無苦澀地想，在自由年月裡他可真是個先驅：「所有想法亂糟糟地擠在我腦子裡，然後我就想到我是第一個把這個問題提出來的人，想到我的風力檔案。蘇聯大地很快就會由風能實現電氣化，而我的名字會消失無蹤」。同樣，那時他已開始建立「日照檔案」，因為他預感未來是屬於太陽能和風能的，儘管尚未存在任何能轉化太陽能的設備。開闢北方海路的企圖也不是最近才興起的事。遠在全球氣候變暖和北極冰層融化變成棘手問題之前，一九三二年，北方海路管理局（Glavsevmorpout）便已成立，奧托．尤里耶維奇．施密特任局長。這位數學家、地球物理學家、探險家、《蘇聯大百科》主編、有著日爾曼─波羅[23]血統的大鬍子巨人，是阿列克謝・費奧多謝維奇的朋友──至少在阿列克謝還可與人交往的時候。但若要說可以交往，在我們所處的年分，一九三二年至一九三三年，他顯然是符合要求的，甚至，是有用處的。不僅因為他領導氣象部門，還因為他是第二屆國際極地年的蘇聯委員會主席。想從西邊起航強行破冰穿過白令海峽前往符拉迪沃斯托克[24]的船隻，要通過西伯利亞海岸一級級氣象站，就要和他定期保持聯繫：他們給他發去他們的觀測，他給他們傳來他的預測。一九三二年，破冰船「西比利亞科夫號」成功完成史上第一次無需冬季停航的穿越；七月二十八日從阿爾漢格爾斯克起航，三個月後到達堪察加彼得巴甫洛夫斯克──指揮此次遠征的就是施密特。第二年七月中旬，輪船「切留什金號」在碼頭上群眾們的熱情聲援中離開列寧格勒，繞過瑞典和挪威，勉勉強強地穿過巴倫支海、卡拉海和拉普捷夫海，到了楚科奇海就被浮冰困住，漂在海上，最終在一九三四年二月十三日

22 列寧語。參見《列寧選集》。
23 指波羅的海德國人。
24 即海參崴，該地名意為「控制東方」。

沉沒，外殼被堅冰壓裂。

施密特讓一百多名船員撤離：這裡頭有二十多名女性，這對一次極地遠征來說甚是少見——其中一位甚至在卡拉海產下一名小女嬰。這其中有若干記者、一名攝影師——多虧了他，這曲未來的史詩才被全程錄下。還有構成主義詩人伊利亞．賽爾文斯基……施密特按著理想的微縮共產主義社會模型建立他的營地，軍事化管理（他放出話了，企圖逃跑的一律槍斃），每天在〈國際歌〉歌聲中對紅旗敬禮，做廣播體操，上歷史唯物主義課（由他親授）。人們清掃冰面，鏟出一條跑道，很快，第一批飛機從西伯利亞海岸的臨時機場起飛，嗡嗡嗡穿越暴風雪和濃霧，在冰面上滑行降落。航太英雄的形象出現，頭盔、碩大的眼鏡、皮毛手套、靴子，飛行服上捆綁著各種扣帶。熱烈擁抱過後，所有人被分成小組塞進座艙。四月十三日，沉船兩個月之後，救援結束，連拉雪橇的狗都運回來了。最後一個離開營地的是「切留什金號」的船長佛拉迪米爾．伊萬諾維奇．沃羅寧，我們可不是在「歌詩達協和號」[25]上。

接下來，倖存者和營救者們如古羅馬的戰爭英雄般凱旋，凱旋儀式鋪陳得更大：沿著九千兩百八十八公里的西伯利亞大鐵路，人們湧向每個車站，超低空飛行的飛機為列車護航，每跨過一條河就有消防船向其致敬。到了莫斯科，登上黑色的魚雷形敞篷車，車隊從劇院廣場由騎兵一直護送至紅場[26]，彩紙灑落，史達林在紅場迎接他們。盛大的閱兵式，坦克、飛機，踏著正步的方陣，得志的青春少年身著革命運動員的白色制服。原本宣告失敗的行動搖身一變成了展示蘇聯新勢力的華麗慶典。但是他，阿列克謝・費奧多謝維奇，已經無法親眼目睹這一切，他的命運來了個大轉彎。就在他的「朋友」施密特鬍子微揚、鈕釦上別著朵花（很匪夷所思的是一朵白花，而不是紅花）、在列寧墓前的主席台上春風得意時，他已經在索洛韋茨基群島上的「特別勞改營」裡待了兩個半月。

他最後的風光，是「URSS-1」平流層氣球的升空帶來的。蘇聯與美國的太空爭奪戰業已展開，但目前為止還沒人爬出過大氣層，要上天，坐的是氣球，掛在一個裝著兩萬五千立方公尺氧氣的椎形袋子下面（嚴禁抽菸！）。那下面就是艇身，硬鋁質的球形

---

25 指二〇一二年一月義大利超豪華郵輪「歌詩達協和號」在義大利海岸部分沉沒的事件，船長早早棄船而逃，沉船造成至少三十二人死亡。

26 指莫斯科中央行政區特維爾區的公眾廣場。

艙上有衝壓出來的CCCP（URSS）[27]字樣，還有幾扇小舷窗和一扇密合的艙門，這樣的艇身看著倒是和一座太空艙沒什麼兩樣。起飛日期因為天氣因素一延再延，跟火箭發射一樣煩人（但沒那麼壯觀）。「URSS-1」平流層氣球原本定於一九三三年九月十日起航，由於霧和雨的關係被推遲，十五日還是一樣的狀況，再延至十九日。二十三日，定了，第二天出發。二十四日拂曉，濃霧籠罩莫斯科西郊的昆采沃軍事機場。能見度不出十步。人們照樣給六百五十個氣球打氣，這些氣球裝在一個由一百五十人拖拉的大布罩裡：這個巨人慢慢立起來，但是，渾身濕漉漉的它太沉了，踮著二十五根纜繩晃了幾下之後，還是拒絕起飛。二十九日到三十日的夜裡再來一次。這一次天空明朗，沒有風（高氣壓中心在莫斯科），但另一個意想不到的問題出現了：氣球要攜帶一套儀器飛行，而設計這套儀器的、也是唯一知道如何做調試工作的莫爾查諾夫教授，他不在！他乘坐從列寧格勒開來的列車宣布嚴重誤點……阿列克謝・費奧多謝維奇花了整整一晚研究並調試這堆高精度的玩意，氣象計、氣壓計、高度計、宇宙射線記錄儀……

多虧了他，三十日清晨，一切準備就緒。八點，三名飛行員，機長格奧爾基・普羅科菲耶夫、副駕駛康斯坦丁・古度諾夫、無線電通信員厄內斯特・伯恩鮑姆進入機艙，最後揮手致意，艙門關閉。這是太空英雄故事的前傳，之後才有加加林[28]、尼爾・阿姆斯壯以及一群群身著白色航太服的男人們，很快也會有女人。八點四十分，一切綁定解除，這次升上去了。而且升得很快。九點十七分，伯恩鮑姆向地面報告氣球剛飛過海拔一萬六千八百公尺，是當時的世界紀錄。接著，上升速度規律下降，到了十一點五十五分，在普羅科菲耶夫扔掉了幾次壓載物之後，「URSS-1」氣球達到了完美的球狀，巨大的圓球上灑滿陽光，在深藍的空中閃爍，此時已達海拔一萬九千五百公尺。然後便開始放氣下降，按預定計畫在離起飛點一百多公里的地方完美著陸。那地方在科洛姆納附近，人們紛紛奔赴莫斯科河畔去見識這個從天而降的大傘。「祝賀我們不可戰勝的平流層英雄，他們出色地完成了蘇維埃政府託付的任務」。電報署名史達林、莫洛托夫、卡岡諾維奇、伏羅希洛夫。

英雄，蘇聯有的是，北極英雄、平流層英雄、那些不斷刷新機翼細長如裁紙刀般的

27 CCCP為俄文「蘇聯」的縮寫，英文作USSR，此處URSS為法文。

28 尤里・加加林（Yuri Alekseyevich Gagarin，1934—1968），蘇聯宇航員、太空人，第一個進入太空的地球人。

單發飛機飛行距離世界紀錄的飛行員、勞動英雄、同一時期那些把莫斯科地鐵一號線車站個個建得像人民會堂一樣的英雄。一九三四年，「蘇聯英雄」獎章設立，第一批獲得者便是對「切留什金號」實施救援的飛行員。也有不走運的英雄，無產階級的普羅米修斯，比如「奧索亞維亞金一號」的機組成員：一九三四年一月三十日，他們升到兩萬兩千公尺高空，從那裡傳達了對當時正在莫斯科以「偉大的、敬愛的史達林同志和莫洛托夫、卡岡諾維奇、伏羅希洛夫同志」為核心召開的「偉大的、具有歷史性意義的蘇共第十七次代表大會最熱忱的敬意」，可是下降的過程不順利，變成自由落體運動。人們在紅場上給他們舉行國葬，豎紀念碑（六個月後，「探險者一號」的三個美國人也險些以自由落體收場，所幸他們成功地從艇身逃脫跳傘）。撇開蘇維埃特有的浮誇辭藻不說，那的確是一個篤信科學技術進步的時期，人們堅信社會主義正集中全部力量為人民服務，那是激情燃燒也是勇於獻身的年代。「我們把未來看作屬於我們的毋庸置疑的財物」，伊薩克．巴別爾在提到內戰時期時寫道，「戰爭就像是幸福來臨前混亂的準備工作，而幸福本身則像是我們性格固有的特徵」。一句話完美抓住了當時那種強烈的願望，讀到的人卻難免心有戚戚，因為巴別爾最終也在一九四〇年的頭幾日被槍斃。在無產階級的祖國蘇聯，史達林的瘋狂殺掉了所有的精英、科學家、技術專家、知識分子、藝術家、軍人，除掉了農民，總之幹盡了一切以無產階級之名所能幹的事，可是人們不禁會問，如果他沒有用恐怖替代熱情作為蘇維埃走下去的動力，又會是怎樣的結果。那些「英雄」們，還有像阿列克謝・費奧多謝維奇一樣熱愛本職工作、一心想用自己的才能為人民服務、僅僅是合格蘇維埃公民的非英雄，他們憧憬建設的無處可尋的「社會主義」，也許真的可以存在？也許它會被證實比資本主義優越一萬倍？也許這個世界上，除了幾個落後國家，都會加入社會主義行列？

算了，別作夢了。

5

一九三四年一月八日，這一天，V．I．列寧遺體保養委員會畢恭畢敬地為保存在紅場陵墓中的佛拉迪米爾．伊里奇做了檢查。委員會的官員們對結果非常滿意，列寧新鮮得堪比一朵鮮玫瑰，這是——他們強調——「史無前例的世界級科學成就」（法老們簡直都拿不出手）。遺體永久完好保存是可行的（委員會沒料到的是，這個長著一張蒙古人面龐、身著深色西服、打著領帶像要去赴盛大晚宴的小個子男人的屍體景觀，並沒能無限引發廣大群眾的熱情）。委員會要求這一非凡科學成果的創造人沃羅比奧夫教授和澤巴斯基教授撰寫論文，詳盡報告他們方法的各種細枝末節，好讓此成果將來得以再次呈現（他們想到了誰呢？）。莫洛托夫連署了委員會的報告，提議為兩位存屍人頒發列寧獎章，並送他們每人「一輛好車」作為禮物。

無福受此等存屍禮待而以火葬收場的某個人，便是死於前夜的安德列．別雷。這位象徵主義詩人、天才作家多少有點瘋癲，但還是寫出了《聖彼得堡》。一群作家陪他走了前往公墓的最後一程，有米哈伊爾・普里什文[29]、尼古拉・耶夫雷諾夫[30]、薇拉・英培爾[31]、伯里斯・皮利尼亞克[32]（最終被槍決）、鮑里斯・巴斯特納克[33]和奧西普・曼德爾斯塔姆[34]（後死於符拉迪沃斯托克的中轉營）。「作為布爾喬亞文學和理想主義的著名代表人物，」《真理報》上寫道，「安德列・別雷近來真誠尋求領會社會主義建設的觀念」。文章以滿意的語氣說，他是俄羅斯象徵主義文學最後一位重量級代表人物，他沒有「和該流派其他主流人物（梅列日科夫斯基、季娜伊達・吉皮烏斯、巴爾蒙特）一樣，陷入白方[35]的移民沼澤中：他是以蘇聯作家的身分死去的」。別雷的真名是鮑里

29 米哈伊爾・普里什文（Mikhail Mikhailovich Pristina Man，1873—1954），蘇聯作家。
30 尼古拉・耶夫雷諾夫（Nikolai Evreinov，1879—1953），蘇聯作家、劇作家和戲劇理論家。
31 薇拉・英培爾（Vera Inber，1890—1972），蘇聯詩人、小說家。
32 伯里斯・皮利尼亞克（Boris Pilnyak，1894—1938），蘇聯作家，代表作有《紅木》。
33 鮑里斯・巴斯特納克（Boris Pasternak，1890—1960），蘇聯作家，小說《齊瓦哥醫生》作者。
34 奧西普・曼德爾施塔姆（Osip Mandelstam，1891—1938），蘇聯詩人、評論家，曾於一九三三年寫了著名的諷刺史達林的詩。

斯・布加耶夫，他的父親正是那位在一九〇一年把阿列克謝・費奧多謝維奇開除逐出莫斯科大學的數學學院院長。

對其他人來說，一月八日是一個尋常無奇的蘇維埃式的日子。勞動英雄和破壞分子交手鬥法。《消息報》[36]稱由於黨的英明政策戰勝了富農們的破壞把戲，發展了集體農莊和農業機械化（也造成了駭人的烏克蘭大饑荒，但這點被《消息報》漏掉了），一九三三年的農業收成打破一切紀錄。也許發展了機械化，但架不住牽引機那邊有些問題。誠然，被冠名「十七大」的第五萬輛牽引機是從哈爾科夫工廠的流水線出來的；沒錯，但與此同時，在塔吉克斯坦的維修中心，人們無所事事，工作計畫只完成了百分之零點三！百分之零點三，你沒看錯。雅羅斯拉夫爾橡膠聯合工廠的廠長因為一個遠沒這麼嚴重的錯誤被開除，正等著去勞改：計畫分派給他生產九十萬隻輪胎的任務，可這匹厚顏無恥的豺狼，竟敢在十二月二十三日宣稱這個目標無法承受！無法承受！「政府擬定的計畫就是法律」，《真理報》回駁，「反對計畫就是違抗黨的紀律和蘇維埃的法律」。唉，這個可恥的米哈伊洛夫（這個破壞分子廠長就叫這名）並非唯一一個陰險地將木棍橫進社會主義車輪的人，中亞的牽引機修理廠不得不退回第十七號工廠生產的三萬個易損的傳動軸軸承和一千零四十九個尺寸不合格的活塞，至於奔薩[37]的伏龍芝工廠生產的活塞環，它們全都不合格！列寧格勒思柯洛霍德（「走得快」牌）鞋廠退回普倫泰科尼卡一萬六千副鞋底，還能說什麼？要知道普倫泰科尼卡每天的生產量就是一萬六千副鞋底，也就是說全廠白做了一天工作！開誰的玩笑呢？

而且，在我的右手邊，破壞分子這一邊，還有盧薩諾夫同志（這個稱呼還能喊多久？），莫斯科—白海城鐵路（阿列克謝．費奧多謝維奇很快會搭乘這一路段的一趟牲口運載車）局局長，他抱怨沒有足夠的車皮，但他明明就有，只是他任憑手下人怠工，弄得列車從來沒準點發車過。還有茹科夫同志（或稱前同志茹科夫），西部鐵路局局長，也是同樣的情況。南部鐵路局的那位，老是在頓巴斯的運煤事宜上耽擱。於是彼爾姆發電廠的無賴們打一入冬動輒停電，擾亂生產！

幸好，在我的左手邊，還有英雄們，渾身充滿幹勁的勞動者。「Projektor」[38]集體

35 指站在白軍那一邊的。

36 前蘇聯最高蘇維埃的機關報，曾是蘇聯時期的第二大報。

37 俄羅斯西部城市，距離莫斯科約六百二十五公里。

農莊的社員們熱情高漲，發誓要做得更多更好。地鐵工地上的積極分子被卡岡諾維奇同志召集，他們保證要為十月革命的十七週年打通地鐵一號線。阿扎爾地區集體農莊和國營農莊的社員們緊趕著準備十七車廂的柑橘、柳丁和檸檬，作為給十七大的代表和莫斯科的勞動者獻禮。列寧格勒二十五座工廠渾身充滿幹勁的女勞動者們聯名給史達林發來愛的宣言：

偉大的導師，我們最好的朋友，親愛的史達林同志，
舊時代永遠過去！
我們一直與布爾什維克人在一起，
女工們的覺悟在提高，日新月異。
生活愈來愈美好和富裕。
我們要全力以赴地勞動，以最高水準完成所有任務。
史達林同志！你讓我們的國家世界無敵。

生活不斷變得美好富裕的證據，就是緹維斯卡雅街和格涅茲尼科夫斯基大街交叉路口的這家食品店（眾多例子之一），一篇報導稱，一串串的克拉科夫燻腸、波爾塔瓦紅腸、各種肉腸、火腿下，鋪陳著「來自黑海、亞速海和巴倫支海的最佳代表」，克赤的鯡魚、鮭魚、鱘魚、梭鱸、烏魚，等等。那真是名副其實的交響曲，《真理報》的記者讀書不少，文采也不錯，此情此景不禁讓他想起《巴黎之腹》裡的描寫。第一台電視機，TK-1型號的，在列寧格勒的科茲茨基工廠面世。電子留聲機的生產啟動了。紅旗在「青年共產國際」工廠上空飄揚，慶祝配套縫紉機的縫衣針投入生產。出自莫斯科、哈爾科夫和奔薩工廠的二十一輛自行車正準備出發前往黑海投入沿岸一千兩百公里的騎行，目的在於測試產品品質。奧索亞維亞金准軍事組織的宣傳分隊已從哈爾科夫飛往頓巴斯地區的史達林市[39]。烏拉爾萬歲[40]！

也許阿列克謝·費奧多謝維奇漫不經心地掃過這些當日新聞，並沒有意識到這份第

38 羅馬化俄文，意為「探照燈」。
39 今烏克蘭頓涅茨克。
40 烏拉爾萬歲，也是法國詩人路易·阿拉貢訪問蘇聯後創作的詩集名稱。

五八九四期的《真理報》是最後一份他在報刊亭買的（或者是送到他辦公室的）報紙，總之是他作為自由人的最後一份。他是否還記得三十三年前正是別雷的父親尼古拉・布加耶夫這個無賴把他從莫斯科大學開除？如今，他在這所大學教授物理。這個布加耶夫不管怎麼說也是個大數學家。也許他在讀到雅羅斯拉夫爾橡膠聯合廠廠長的故事的時候不得不強壓住一個就要打出來的哈欠，又或者心生憤怒，我說不上來，他並不知道第二天自己也將變成破壞分子，一個蘇維埃的法外之徒；不知道這份《真理報》是他阿列克謝・費奧多謝維奇・范根格安姆同志作為蘇聯統一水文氣象局局長、蘇維埃人民委員水文氣象委員會主席、天氣辦公室主任、第二屆國際極地年蘇聯委員會主席，以及其他一堆主任主席之時代的最後一份報紙？或者，更簡單地說，是他還被以同志稱呼的時代的最後一份報紙？

我設想——但也許我是錯的——他對這些牽引機、縫衣針和光榮的香腸並未抱以多少關注。倒不是說他不是個好共產黨員，只不過他的領域是雲，是風，是雨、等壓線、北方海路上的浮冰。他那部分的社會主義建設是協助革命無產階級掌控自然的力量。每個人要各司其職，站好自己的崗：這是個有條理的傢伙。教授們解開佛拉迪米爾・伊里奇的衣釦看他是否變質這事有沒有讓他發笑？我想沒有，我想像他沒有任何不敬的傾向。我倒是樂意想像有，但很不幸，我不這麼認為。那麼，他是否在關注國際新聞呢？從倫敦發來的電報稱格奧爾基．季米特洛夫境遇堪憂，儘管國會縱火案審判中他被宣布無罪釋放，德國政府仍不肯放人。塔斯社從巴黎發來的報導稱前總理愛德華．赫里歐正在法國南部巡迴演講，大誇特誇蘇聯的工農業成就（人們在荒涼的烏克蘭遛過赫里歐，但是理所當然的只給他看了歡樂的農莊社員在史達林的肖像下大擺宴席，當他問起饑荒，就給了他一個「聳聳肩膀」的理由。格羅斯曼在《一切都在流動》中提過赫里歐的這次訪問：在食人風盛行的第聶伯羅彼得羅夫斯克州，人們領他到一所集體農莊幼稚園，「在那裡他問：『你們今天中午吃什麼呀？』孩子們回答：『雞肉湯，小餡餅和炸米丸子。』」赫里歐的洞察力顯然不如紀德，有時候作家對世界事件的判斷比政治家要來得準）。還有一樁叫「巴約訥市政公債」的事件，一個叫亞歷山大．斯塔維斯基的騙子一手策畫的天才騙局。一篇日期署著一月七日的巴黎駐站記者文章詳數他和法國政界要人紛繁的關係。也許就在阿列克謝．費奧多謝維奇流覽這篇文章時，人們發現「美男子薩沙」[41]在夏莫尼一間木屋裡奄奄一息，「迎面持槍，飲彈自殺」。但此事，《真理報》的讀者要到第二天才知道，一月八日的文章是連載的開篇，而氣象學家不會知曉後續如何了，他大概也不那麼感興趣。他興許能從中得出幾個模糊的結論（或者說能印證他的信仰），關於資本主義世界的腐朽和社會主義不可阻擋的勝利，等等。

遠東，日本在中國北方收緊控制，意欲扶植孱弱的溥儀為「末代皇帝」。在上海，被囚禁的共產國際祕密聯絡員保羅・呂格埃和格特魯德・牛蘭（真名雅各・魯德尼克和塔提亞娜・瑪依仙柯，身分壓根不是他們護照上所寫的瑞士人）正在經歷絕食抗議的第十九天，他們的生命危在旦夕，抗議電報從世界各地（尤其是巴黎）飛往各地的中國（或者至少餘下那部分中國的）大使館。在哈爾濱，日軍控制下的滿洲國北方，人們發現了一名年輕的法國鋼琴家飽受摧殘的屍體。這位不幸的西蒙・卡斯佩是城裡一名猶太富商的兒子，他前來探親，卻在三個月前遭俄羅斯打手綁票。綁匪索要十萬美元贖金，對他百般折磨，還割掉了他兩隻耳朵。日本員警無所作為（綁匪們被逮捕後馬上又被天皇赦免）。

那時候，《真理報》還沒有天氣預報的版面。是不是因為人們覺得這無甚用處，阿列克謝・費奧多謝維奇是否曾試圖在中央喉舌報上獲取一個定期的豆腐塊卻無功而返？

我不知道。誰都曉得這是一份嚴肅的報紙，唯一一張配圖用在縫衣針生產的報導上，不是太討喜的選題。如果有天氣預報欄的話，大約會說有個一〇四五百帕的大型高氣壓中心位於烏拉爾山脈區域，引來暖濕氣流往西部流動，引起卡累利阿北部到莫爾多瓦南部大量降雪。另一方面它也帶來遠東的極低氣溫和晴朗天氣，從西西伯利亞地區到太平洋沿岸。第二天，變化不大：莫斯科地區和窩瓦河流域將迎來大雪，東部繼續零下二十至三十度的乾冷天氣。但是第二天……如果這天阿列克謝．費奧多謝維奇有時間讀《真理報》的話，還有另外兩篇文章肯定也多少會吸引他的目光：未來派詩人伊利亞．賽爾文斯基通過無線電報告知被困冰洋中的「切留什金號」又開始朝東南漂，而整個十二月都是朝北漂。一股東北強風擊碎冰山，將碎冰塊壘成好幾公尺高。船身儘管受浮冰壓迫，但目前看來情況良好。準備撤離的措施還是有的，生活物資和帳篷都儲存在甲板上。施密特想得周全。科研工作繼續。另一篇小文：伏羅希洛夫向史達林報告平流層氣球「奧索亞維亞金一號」（Osoaviakhim-1）升天的籌備工作已經在昆采沃啟動。三名飛行員費

---

41 亞歷山大．斯塔維斯基（Alexandre Stavisky）的外號。

多先科、瓦森科和烏希什金已做好準備。一月二十六日，黨的十七大即將在莫斯科召開，此次飛行的目的就是為了在會議進行時創下新的世界紀錄。但這些，阿列克謝·費奧多謝維奇都已經知道。

6

一九三四年一月八日這天晚上，莫斯科下著雪。紅色的星星在淡紫色的天幕下閃爍，克里姆林宮的塔頂和鋸齒牆頭呈現枯血的紅，像極了「《啟示錄》中人物的居所」，德．古斯丁侯爵[42]在十九世紀時便已洞察。偶爾出現黑色的汽車，在白色的大道上緩慢行駛，輕軌電車擦出火花，步道上的行人衣領翻立，皮帽壓低，步履匆匆。莫斯科的地面敞露深坑，河邊有基督救世主主教座堂被拆毀後留下的大洞，還有通往地鐵一號線工地的深井，煙柱從中升騰。阿列克謝．費奧多謝維奇買了莫斯科大劇院的演出票，當晚上演的是《薩特闊》，里姆斯基．柯薩科夫的歌劇，商人薩特闊和海王女兒的

42 德．古斯丁侯爵（Marquis de Custine，1790—1857），法國貴族作家，最著名的作品是《一八三九年的俄羅斯》。

海底冒險故事。他和妻子約好在劇院入口的廊柱下碰頭。她徒勞等待著，來得最晚的觀眾也已經甩掉大衣上的雪或脫掉雨衣進場多時，開場鐘聲響過，他還不來，飄落的雪花將克里姆林宮塔尖的紅星周圍的淡紫光暈劃出條條瘢痕，他不會來了，這個時候他就在離大劇院不遠處，最多幾百公尺，但已經和她相隔天涯，去了那個世界再想返回，恐怕比從薩特闊的海底回來還要難：那是格別烏總部盧比揚卡大樓的「內部隔離室」。

我不知道阿列克謝．費奧多謝維奇是否感到威脅在逼近，但我猜應該感到的——除非共產主義信仰已經讓他完全盲目。有個貴族父親和移民的兄長，他怎麼說都是患妄想症的政治員警們懷疑對象之天然候選人。包圍圈在他身邊收緊有一陣子了。而且不只是他，史達林所製造的恐怖其本質是沒有人能夠倖免，不管是地處高位的人，還是卑微工作的忠誠執行者。人人都被判了死緩。審問他的內務人民委員會的調查者在不久的將來也會被審問，被槍斃，包括那個可怕的亞果達，內務人民委員，盧比揚卡的主子。所以包圍圈不僅僅只在他身邊收緊，但他也無法倖免。一九三三年三月，在土地人民委員會也就是他的部門所屬的上級單位內部，發現了一個所謂的反革命組織，其中大部分成員是「資產階級和大財主出身」。三十五個「陰謀分子」和他們的頭頭莫伊思．沃爾夫一同被槍斃。接著，有了那些惡毒的文章，作者恰恰是他原來的下屬，N．斯佩朗斯基。

范根格安姆曾經為蘇維埃氣象圈引進「挪威理論」出過力，簡單地說，就是關於極地氣流和熱帶氣流相遇之鋒面的波動形成低氣壓的理論。這一理論隨後在二十世紀被廣泛應用，它的創立人之一、瑞典人伯傑龍（雖然「Bergeron」這個名字很法國）曾受邀赴蘇聯演講，相關的文章也曾在一些專業雜誌上發表，其中便有他在天氣辦公室的年輕下屬謝爾蓋．赫羅莫夫寫的題為〈氣象學新思想及其哲學蘊涵〉的一篇。「新思想」，真的嗎？很可疑。說得好像馬克思恩格斯列寧史達林還不夠用似的，好像他們沒有給出一切答案……斯佩朗斯基指控無腦的作者沒有提及列寧（「『偶然』忘記列寧簡直太不可思議」），更糟的是，沒有在推薦讀物裡列舉史達林的著作！他要求「堅決摒棄披著馬克思主義偽裝的異國階級宣傳」。在另一篇文章裡，他故技重演，怒斥「敵人故意散布大量垃圾」和「水文氣象局新聞刊物裡明顯的孟什維克[43]傾向」。遺忘列寧和史達林，

43 俄國社會民主工黨的派別。孟什維克由馬爾托夫領導，主張信任群眾行動的自發性，涵蓋所有無產階級民眾的所有行動。

異國階級的宣傳，孟什維克傾向：在當時的蘇聯，正在醞釀生成的這個蘇聯，這都是駭人聽聞的詞，是殺人的詞。范根格安姆很清楚，他的赫羅莫夫的老闆，發表了「大量垃圾」的雜誌的主管，他才是目標：他用紅色鉛筆劃出最惡意的段落。

終於，一九三三年十一月，米哈伊爾・洛里斯─梅里科夫──他在天氣辦公室的親信，在列寧格勒被捕。審訊中，他招供了，水文氣象局裡有個反革命組織，而「性格專橫、野心勃勃、政治上敵視黨」的范根格安姆教授就是祕密組織者。陰謀的目的：打亂氣象站網路、篡改天氣預報（這可是史上頭一回因錯誤預測天氣而招來殺身之禍），破壞抗旱鬥爭。而且洛里斯─梅里科夫的打擊範圍頗廣，除了上司，他還告發了別的同事，其中有個叫克拉瑪雷的，和他一樣是貴族出身（和范根格安姆一樣，有個移了民的兄弟，在法國外籍兵團服役）。克拉瑪雷被捕證實了洛里斯─梅里科夫的說法，又補充了幾個名字。至此，格別烏警探手上的材料已經足夠厚實，可以著手逮捕范根格安姆了。

被捕的人裡頭唯一沒告發他人且拒絕認罪的，是某個名叫加弗里爾・納扎羅夫的人，無黨派，農民出身。儘管有心臟病且神經脆弱，他依然與格別烏的人對抗。我提及這一事實並非為了證實農民出身相對貴族出身的優越性，而是為了對他孤獨的勇氣致以遲到的敬意，此為一。二來是為引出那個關於史達林時期的審訊的永恆問題：為什麼這些被告人，無論達官貴人還是小兵小卒，還是元帥、列寧的友人、布爾什維克黨的創始人，或僅僅是氣象學家，最終無一例外都認了政治員警強加給他們的莫須有的罪？一九三七年至一九三八年「大恐怖」時期盛行的嚴刑逼供，在一九三三年至一九三四年似乎還沒有得到系統運用：現在還只是在普通恐怖時期。但是毆打、辱罵還是有的，還有對家庭的威脅，人們瘋了般想保護自己的家庭，於是便盡其所能滿足審問者。還有連續審訊引起的精疲力盡，幾天幾夜不讓睡覺，審問者輪番上陣，換法子不停問同樣的問題，聽者往往是半無意識狀態。還有陡然間變成人民叛徒引起的心理崩潰，當人們已經習慣把世界的全部構想成二元的對抗，人民與敵人之間除了對抗再無其他。還有對黨的信仰，依舊極端到不顧一切，以及對它的領導人，尤其是最偉大、最英明、最仁慈的那位超乎常理的信任……如此猜測，種種理由，實際上我們什麼也不知道。沒有歷經此等深淵的人無法用想像走這一程。

不管怎樣，加弗里爾・納扎羅夫沒有認罪，也沒對他人做不利證言。依照俄羅斯社會主義共和國刑法第五十八條第七項「懲處破壞經濟行為的規定」，他被判了五年勞改。我不知道他死於何時何地，但我肯定不會是在他床上。洛里斯—梅里科夫於一九三六年死在烏赫塔一座勞改營中。德雷尼克・阿普雷仙和亞歷山大・查寧，這兩位在他的逮捕令上簽了字的格別烏官員，分別在一九三九年和一九三七年被槍斃。格別烏的頭兒在洛里斯—梅里科夫和其他「破壞分子」的逮捕令上簽了字的根里克・亞果達，在承認（尤其是）對高爾基下毒之後，於一九三八年三月被槍決。It is a tale, told by an idiot, full of sound and fury, signifying nothing…[44]

所以，在一九三四年一月八日，由亞果達的副手格奧爾基・普羅科菲耶夫（與之同名的「URSS-1」平流層氣球飛行員，將在一九三七年被槍斃）簽發第一四二三四號逮捕和搜查令。阿列克謝・費奧多謝維奇的辦公室和他在道庫洽耶夫街七號的住所均遭搜查。我上一次在莫斯科停留時去看了這座建築是否依然存在，的確，它還在那裡，那條街上少數未被拆毀的建築之一，離蘇哈列夫斯卡婭超級大道、三站廣場、列寧格勒酒店的史達林式摩天大樓（當年並不存在）和重工業部都不遠。這棟新古典主義小樓，乳白外牆，臨街一層，裡頭有一個下沉的院子，一個門廊將兩部分連接，如今成了奧多耶夫斯基音樂學校。幾個單薄的鋼琴音從二樓傳出，院子裡，孩子們正在冰上滑著玩（那時候是十二月，作為聖誕簡陋裝飾的藍燈泡可以佐證）。很奇怪的感覺，想到八十年後的今天，我所講述的殘酷故事是從這棟平靜的音樂之屋開始的——但說是奇怪，莫斯科又有哪棟房子沒有見過可怕的事呢？

44 這段英文出自莎士比亞名作《馬克白》，意為「這是一個愚人所講的故事，充滿喧嘩與騷動，卻毫無意義」。

7

盧比揚卡這棟巨型大樓，八層高的堡壘，大致算是梯形的建築圍住深深的庭院，它是政治員警的總部，機構的名字也老變——最早叫契卡[45]，然後是格別烏（GPU，國家政治保衛局的首字母縮寫）或是歐格別烏，如果要在前面加上「O」，代表obiédinonnoïe，「統一」。一九三四年七月，格別烏併入NKVD，即「內務人民委員會」（格別烏是陰性還是陽性？兩種用法都存在，但俄語裡的詞既然是陰性，也就沒必要在法語裡改，儘管為史上最可怕的員警大唱頌歌的阿拉貢會不樂意——「任欺任屠的人們啊，你們需要一個格別烏」[46]）。所以盧比揚卡是只改名字不改凶殘本色的政治員警的總部，它還是一座監獄，而且也是刑場：從「預審」到執行判決，一條龍。那是在地下。身上只穿內衣褲（死還不夠，還得加上侮辱）的犯人被帶到一間地上鋪著瀝青布的房間，人們對著他後腦勺來一槍，通常用的是短槍管的納甘左輪手槍[47]，然後沖乾淨瀝青布。盧比揚卡每層樓裡都得保持衛生。第一次「莫斯科公審」[48]之後，季諾維也夫[49]和加米涅夫[50]就是在這樣的地下被處決的。但死在那裡的，更多是我們沒有記住名字的人。

站在盧比揚卡廣場上，同名地鐵站出口處，同名大樓的灰色及赭石雙色外牆和粉色牆簷突飾撲面而來，人們無法淡然注視它而內心不對這樣的駭人之所生出驚愕。我說「人們」，但，到底是誰？是那些曾經在生命的某一段以這樣或那樣的方式看到過革命希望和它淒慘消亡的人。因為，如果說有那麼一個地方能夠象徵對理想的大屠殺以及從

45 全俄羅斯肅反委員會。

46 阿拉貢稱頌格別烏的詩中的一句。

47 由比利時工業家萊昂·納甘為俄羅斯帝國所研發的七發雙動式轉輪手槍。

48 上世紀三〇年代由史達林主導的一系列「擺樣子公審」，受審人大多為老布爾什維克以及祕密警察的領導層。

49 格里戈里·季諾維也夫（Grigory Yevseevich Zinoviev，1883—1936），布爾什維克革命家，蘇聯政治家，列寧死後，曾是蘇共六名主要領導人之一。

50 列夫·加米涅夫（Lev Borisovich Kamenev，1883—1936），蘇聯政治家和領導人，是列寧最親密的助手之一。列寧去世後他參予最高層的政治鬥爭，以失敗告終。

熱情到恐怖、從同志變員警的殘酷轉變，那就是盧比揚卡。就是這裡，倒逆的煉丹爐把金子煉成了廢鉛。多少滿懷勇氣的自由人進了這個屠宰場，出來時身心俱碎、淪為奴隸？我顯然沒有將共產主義理想化，但我也深知它曾經代表的希望和它曾經驅動的雄力。這棟龐大的資產階級建築，濃濃的仿義式風格，最早是一家保險公司的總部大樓，多少人在這兒的地窖裡被殺？但在莫斯科，我所說的觸動和驚愕看來並非大部分人的感受。廣場的眾多來往行人並未對這棟可惡的建築報以特別關注。也許，還有殘留的恐懼？牆上唯一一塊牌子顯示一九六七年至一九八二年尤里·安德羅波夫在此任克格勃[51]首腦。對於在尤里·安德羅波夫辦公室往下幾層的地方大批腦袋開花的殉難者隻字未提。盧比揚卡大樓周圍一圈都是新俄羅斯的奢侈品店，化妝品、珠寶、古馳、法拉利，門店裡展廳裡到處是腳踩超細超高高跟鞋的女店員，身穿黑色罩衫的彪形大漢監視著周圍的一舉一動。

空曠的大廳被照亮得如同白晝。一名身穿白大褂的男人。脫衣。轉身。蹲下。雙腿叉開。盧比揚卡的日子從驗身檢查開始。那個光著身子被捏摸、操縱、侮辱的人徹底告別了同志的身分。「即使若干個月後習慣了在監獄裡的念頭」，被史達林流放後又被他交給希特勒的德國共產黨領導人海因茨．諾依曼的妻子瑪格麗特．布伯—諾依曼寫道，「也只有到那一天，當我們身處一扇沒有把手的門之後，才能真正意識到監獄的含義；但是囚犯是什麼，任憑他人支配身體意味著什麼，在盧比揚卡第一次搜身後就會明白了」。搜身完畢，重新穿衣，穿的是釦子都被扯掉的衣服。雙手提著褲子走在沒有盡頭的過道裡，身後跟著一名帶武器的看守，燈光很生硬。按手指印，照相。「范根格安姆．阿列—謝．F」的正側面驗身照，編號三四七七六。面色沉重，眼神空洞，或者說，透著暗淡的錯愕。不是某些NKVD犯人照片上那種令人無法直視的完全慌張或沮喪的眼神。臉還是繫著領帶的照片上的臉，只不過一下子老了，熄滅了，縮在深色的大衣裡。

走在沒有盡頭的過道裡，到處是消毒水的味道，然後被塞進一間又小又悶熱的牢房，沒有窗戶，人們把這樣的小室叫「狗窩」，你變成一條狗，等在那裡。有人把你領出來，上了電梯，到了新的走廊裡，跟酒店似的，地上鋪著紅地毯，還有亮著的指示

51 即蘇聯國家安全委員會，KGB。

燈，意味著你不會有碰見其他犯人的風險，人們把你推進一間辦公室，格別烏的預審官亞歷山大．查寧和里奧尼德．加佐夫在那裡等著。他們同屬經濟科，負責懲處破壞蘇維埃農業和工業的罪行。前者將在一九三七年被槍斃，後者在五十年後戴著獎章光榮地死去：生活真不公平。查寧甚至比范根格安姆還早死兩個半月。一月八日這天晚上他平靜、冷漠、熟練地記錄這個雙手提著褲子的、遲鈍的人民公敵的身分資訊時，肯定遠未預料到自己的下場。It is a tale, told by an idiot……名，姓，生於克拉皮付諾，烏克蘭社會主義共和國，前貴族加地主，前沙皇軍隊軍官，水文氣象局前局長，蘇聯布爾什維克共產黨前黨員……阿列克謝．費奧多謝維奇，曾經擁有的一切都被撤銷，變成一個大空洞，就像拆毀的教堂在城市風景中留下的那個大洞一樣，他還沒有得知他破壞分子和間諜的新身分。人們把他帶到一間單人牢室，持續照明，有人定時通過貓眼監看。這就是歐格別烏的「內部隔離室」。

有些犯人完全不知自己所犯何罪，被扔在那裡苦等好幾星期，他算是運氣好的，如果可以這麼說的話：他只等了五天就等到了第一次審訊。查寧已經不在，德雷尼克．阿普雷仙代替他和加佐夫搭檔。他們身穿有藍色鑲邊的制服，衣著整潔，鬍子也刮得乾淨。我想像他們態度冷淡平靜，說話不大聲。他們有的是時間。他們翻閱著材料，范根格安姆很快就會發現裡頭除了洛里斯—梅里科夫和克拉瑪雷的虛假證詞之外，還有大量關於他的準確資訊，貌似無甚意義，但放在一起卻使他們看起來對他無所不知，所以他無須瞞騙。我想像他們會裝出滿不在乎的耐心樣，削根鉛筆，點根香菸，挫挫指甲，給妻子或情婦打個電話，與此同時他卻在苦苦思索，試圖明白他們究竟想幹什麼，要如何作答才能被相信，才能不自相矛盾、不落進他們狡詐問題和平靜敵意的圈套裡（但也有可能正好相反，他們自始至終就很粗魯）。一開始他們就讓他無言以對，他們亮出一份搜查他的住所發現的文件，一個叫古迪亞科夫的人揭發農業科學院某氣象學教授維特科維奇的言論，這位教授聲稱范根格安姆是「害群之馬，有天必將付出破壞分子的代價」。他是否同意這樣的評價？不同意，能猜到。那他為什麼沒有採取措施對付這個誹謗者？「做了豈不愚蠢」。他有沒有試著弄清這項指控的緣由？沒有，他覺得那只是這個維特科維奇刻薄的表現，他沒有再去操心。他是否知道維特科維奇身上還背著其他罪狀？是的，有人告訴他了。他是否有將這一消息傳達到歐格別烏？沒有。為什麼？他以為，把這一消息告訴他的那個人自己已經傳達了。他是否確認那個人這麼做了？沒有？

他覺得這樣正常嗎？不，現在他意識到這是個錯誤。在這件事情上，從一開始，當他表現出人情味，當他在汙衊面前不以為然、拒絕告密的時候，他就已經處在知情不報的位置上了，因為他的報告物件，他們必須聽到一切，知曉一切。

不久之後，他用書面的方式重述這些聲明，把自己攪進了更難堪的境地。實際上，他在一月十三日審訊的時候看到古迪亞科夫的報告內容，完全慌了陣腳。這份文件之前交到他手裡時他正好很忙，沒有時間仔細讀，只是粗略掃了幾眼，知道是維特科維奇亂講話，便把它塞進抽屜、拋諸腦後。格別烏的兩隻大蜘蛛虎視眈眈，蒼蠅奮力抗爭，網卻纏得更緊。他們接著在他內戰時期的立場上做文章。對他在白軍占領德米特里耶夫時依然留在當地這一事實，阿普雷仙與加佐夫很驚訝，或者說裝作很驚訝。那又是為什麼，他們問他是否跟白軍一起的時候，他回答不呢？因為他明白，這個問題的意思是「你是否曾經是他們的人」，他如何證明他並未存心隱瞞他留在白軍地盤上的事實？他可是在一九二四年申請入黨時就在個人簡歷上寫了……他躲在德米特里耶夫周邊，在一個叫巴丁的農民家中，他們早在一九一〇年就相識。那這個農民，他的立場是什麼？不白不紅，不關心政治。那又如何解釋他冒著危險把他藏在家中？因為他認識他，同情他。當然，同情這樣的概念是不能在這兩個佩戴藍肩章的男人腦袋裡引起什麼共鳴的。甚至更糟，這明顯飄著孟什維克的臭味。他又為什麼不想方設法去紅軍的地盤？因為他的妻子，第一任妻子，尤利婭．波洛托娃，她生病了，人在德米特里耶夫，他不想讓戰線將他們彼此分隔。老實說，他就為了這麼一個微不足道的原因而沒有去找紅軍？他不認為妻子的病是個微不足道的原因。那兩個人揚起眉毛，撇下嘴角，一臉輕蔑。作為一月十七日這場審問的總結，他們問，你是否承認你的回答從本質上來講不能取得他人的信任？面對以此種方式提出的問題，他反駁道，我拒絕回答。他還沒做好全盤接受的準備，還沒被摧毀。

三週之後，二月九日，他繳械了。阿普雷仙和加佐夫做得不錯。一月二十日，他們下達了起訴書：在蘇聯水文氣象局內部組織並領導反革命破壞活動，故意捏造虛假預報，危害社會主義農業，破壞或摧毀氣象網站網絡，尤其是負責預報旱情的網站；為了把事情做得盡善盡美，他們在這些罪名之外又加上以間諜活動為目的蒐集機密資料。一月二十日，他不認罪。但二月九日，像許多前人但更多是後來者一樣，他在一份又長又臭的懺悔書上簽下了自己的名字，懺悔書的開頭是這樣的：「我對自己曾經做出反黨、反蘇維埃政權、反工人階級的行為感到由衷地懊悔和遺憾，如果還能讓我活下去，我希望將來用誠實勤懇的勞動為蘇維埃的國家利益做貢獻，以彌補我的罪過。現有如下聲明」。他用這樣的方式提及威脅自己的死亡，提前接受它，好像僅僅只是——「如果還能讓我活下去」——真是讓人脊背發涼。如果他們開恩讓我活下去……

他承認在水文氣象局裡領導了以延緩社會主義農業發展為目的的反革命破壞組織。他說自己是被莫伊思・沃爾夫招募進去的，至少避免再連累個大活人，因為沃爾夫已經在一九三三年被槍斃了。在他的懺悔書中關於這一點的細節頗有意思：「我不贊同黨的農業政策，尤其是對那些我認為非富農的農民進行嚴酷的去富農化，明白了這點之後」，他寫道，「沃爾夫告訴我有個反革命組織……」如果我們還記得「去富農化」運動中被處決和流放的人數是以百萬來算的話，也可以希望並相信在這一點上范根格安姆的懺悔是真誠的。接著，他給出（或者格別烏的「預審法官」口授）大量假想的破壞活動的細節，一切都是為了讓社會主義農業（尤其是旱情）得不到氣象預報。收成那麼糟糕，死了那麼多人，得找個背黑鍋的。

間諜案同時開審。這次，指控人是帕維爾・瓦斯利耶夫，列寧格勒水文所的一員，他聲稱他的任務是提供邊境地區的機場和喀琅施塔德周邊海防要塞的情報。這個瓦斯利耶夫話特別多，給出了一堆炮彈口徑和所謂的情報提供者的名字。在他二月二十三日致檢察官的信函和三月二十七日給歐格別烏司法團的備忘錄中，范根格安姆翻供了。洛里斯—梅里科夫、克拉瑪雷和瓦西里耶夫，他寫道，他們的證詞都是假證，他們虛構的反革命組織實際上不存在。他們是為「審訊方式所迫」。不幸的是他並未就此多言，文風又如此糾結，時至今日也難以從中提煉出明確的意思（不過歐格別烏的領導們應該對這樣的語言風格再瞭解不過，他們大概也能從中解讀出恐懼的修辭效果：犯人既想對自己的遭遇表示抗議，又不敢把話說得太明，他猶抱琵琶半遮面地控告審問他的人，一邊又照例對整個政治員警群體大唱讚歌；這就叫扭捏）。這樣的審訊方式「肯定帶來了非凡的成果，造就了歐格別烏的榮譽」，范根格安姆說，不能讓「錯誤的一頁」破壞了這份榮譽，相反，要「用光榮的新一頁替代錯誤的一頁，證明歐格別烏的絕對正確」。然而，「每一天，現行的方法、方式，每次新的交鋒，把謊言的結愈繫愈緊，這與主導預審的人的意願和良心背道而馳」。

說實話，這些翻供詞寫得很糟糕，論據也牽強，文字中透露出恐慌，不僅僅是因為即將到來的命運——死亡或流放——所引起的恐慌，更多是理智上的恐慌，因為他發現事實是愈扯謊愈可信，真相反而愈來愈不可信。還有道德上的恐慌，因為他感覺認罪才有可能讓他獲得非常有限的寬容，相反，強調清白會失去這點寬容（莎士比亞的另一句話在這裡響起，「fair is foul and foul is fair」，《馬克白》裡的女巫語：「汙穢即純潔，純潔即汙穢」）。然而，他又回到供詞上，再次聲明自己的清白。「對於一個真正有罪的人來說，這種作法只能用愚蠢或瘋狂來解釋」。我想他對「審訊方式」提出質疑時所指的就是這樣的顛倒：邏輯上的蠻橫多過肢體上的粗暴，令人慌亂的真假錯位。這正是他的文字觸動人的地方：我們看到一個人在掙扎，卻在流沙中愈陷愈深。雖然混亂，但他的文字中還是有迂回，有試探性的重複，有我們在那些年的蘇聯文獻中不習慣見到的語句，赫然表明他是斷然不會配合人們要他演的破壞分子兼間諜悔過自新的戲分，他是一時軟弱才簽了字：「大部分情況下，被捕的無辜者都會做假口供認罪」，「必定有許多案件中被起訴的是無辜的人而真正的罪犯卻逍遙法外」。令人唏噓的是，他想必已經知道這盤棋他贏不了：「很可能我的力量不足以撼動多年陳規」。他用拉丁文結尾：「Feci quod potui, faciant meliora potentes（我已盡我所能，但願有人做得更好）。」（這句話也曾經從《三姊妹》[52]中瑪莎的丈夫庫雷京口中說出）。「我問心無愧」。

他已盡他所能，卻無法有所作為，不管怎樣，這盤棋他是贏不了的。實際上也根本沒有對抗，因為結局早已注定。三月二十七日，歐格別烏司法團審查第三〇三九號案卷，被告包括前貴族范根格安姆，觸犯刑法第五十八條第六項（間諜）和第七項（破壞經濟），前貴族克拉瑪雷、前貴族洛里斯—梅里科夫和富農之子納扎羅夫，觸犯第五十八條第七項，根據第五十八條第七項，判處范根格安姆十年勞改。關於第五十八條第六項的預審推遲進行。克拉瑪雷、洛里斯—梅里科夫和納扎羅夫分獲五年勞改刑罰。

52 契訶夫在一九〇〇年創作的四幕話劇，一九〇一年首次公演。

8

如今范根格安姆就要永遠離開莫斯科了。既然這個故事，他的故事，接下來一直到結局都將在俄羅斯東北部、芬蘭以東很小的一塊地方展開，不妨試著用文字繪張地圖：列寧格勒，在波羅的海最東邊。再往東北五百公里，北極圈下方的白海，像是巴倫支海一個封閉的海灣。在它的東岸是阿爾漢格爾斯克；中央是索洛韋茨基群島；西岸是小鎮凱姆。兩片海之間的陸地上，兩個大湖，拉多加和奧涅加，白海—波羅的海運河就從這兩個湖之間穿流而過。奧涅加湖沿岸，北邊，白—波運河勞改營「首府」梅德韋日耶戈爾斯克，運河建設工地；稍微往南一點，彼得羅扎沃茨克，卡累利阿共和國首都。這是一片被森林覆蓋的土地，更被冰川侵蝕，刻出道道溝壑，挖出星星點點湖泊。這也是一片浸透了血、撒滿了死屍的土地：有眾多在勞改營中死去的犯人，也有一九三七年至一九三八年大清洗期間被槍斃的人，在這片非俄族的邊境之地，大清洗來得尤其猛烈，目的也更加可疑，還有在一九三九至一九四四年間蘇芬戰爭以及隨後的鎮壓中喪生的人。

9

一九三四年五月八日，被逮捕後四個月整，在押犯人阿列克謝・費奧多謝維奇・范根格安姆被送上開往「索洛韋茨基特別監獄」的列車。臨行前夜，他的妻子被允許來盧比揚卡探視。那是自從她在莫斯科大劇院廊柱下等他未果的雪夜之後第一次見到他。也是最後一次。瓦爾瓦拉・伊萬諾夫娜帶來一張當時未滿四歲的女兒的照片，她名叫艾萊奧諾拉，與馬克思的女兒同名，作為紀念。「你像一個明亮的小太陽般來到我身邊」，十一日到達凱姆的中轉營後，他給瓦爾瓦拉寫信，「它依然在我眼前」。他算了算，他會在一九四四年出獄，六十二歲……

索洛韋茨基群島的勞改營被認為是古拉格第一所勞改營（我在書的開頭也是如此介紹的），但實際上並不完全準確：早在一九二三年契卡把修士從修道院趕出去又順便放了把火，然後建立起索洛韋茨基特別監獄之前，阿爾漢格爾斯克地區已經出現了一些勞改營（霍爾莫戈雷、彼得羅明斯克）。即使勞改營制度是在史達林時期得到令人咂舌的發展，但它卻是列寧時期必然且早熟的產物。不過，且讓我們這麼說吧，索洛韋茨基勞改營成功地讓它的競爭者們黯然失色，也許是因為這個地方神聖的光環——索洛韋茨基修道院曾是俄羅斯最重要的朝聖地之一，更是因為，讓不斷壯大的流放犯群體為蘇聯狂熱的工業化服務的主意就是在這裡誕生的，往死裡剝削這一無限勞動力的訓練手段也是在這個地方炮製成型的。就這樣，二〇年代期間，全俄羅斯的犯人都彙聚到島上；從三〇年代初開始，他們繼續一車車被運過來，然後被編為奴隸分遣隊送到大型工地上去，沃爾庫塔或諾里爾斯克的煤礦、卡累利阿的森林工廠，當然，首先是致死無數的「白海—波羅的海運河」（Belomorsko-Baltiyskiy Canal）的挖掘。索忍尼辛說，「整個群島的北部皆由索洛韋茨基蘊育」。偶然，使得（地理上的）索洛韋茨基群島成為（隱喻意義中）古拉格群島的母體。卡累利阿沿海的凱姆中轉營，是這一波波人潮必經的閘口：去往群島的方向是出發碼頭，冬天海上結冰時，人們在這裡等待航線重啟。反方向是裝卸貨場，犯人們從這裡被分派往俄羅斯北部各勞改營。

從莫斯科乘火車前往凱姆通常需要三到四天（翻倍的情況也是有的）。我猜他們應該是把他和一百多號人一起塞進一節貨運車廂中，既然這是他們的習慣。他被捕當天的《真理報》上寫著某位盧薩諾夫同志抱怨車廂數量不夠，這應該就是其中一節……但是，這回，這趟車，這些貨物，男人女人們，活人物資，他們肯定能找到需要的車廂。他的所有行李就裹在一根大圍巾中——這樣可以避免被普通犯偷去，普通犯是政治犯的死敵和噩夢。被普通犯、乞丐和盜賊搜身幾乎是集中營生活不可避免的入門課。人們分給他一份魚乾和黑麵包，其他人也一樣。他沒有喝熱水的杯子，也許旁邊的人會借他一個。大便的話，車廂中央有一隻惡臭的桶，如果護送隊允許的話，列車停靠時會清倒，前貴族、前同志得適應。但也許他這一趟坐的是「斯托雷平」包房車廂，得名於尼古拉二世的帝國大臣會議主席彼得．斯托雷平，不能說那是豪華專列，但也總比專用來裝牲口的車廂強些，那是沙皇時代的流放。所以，他得以像葉甫蓋妮婭．甘茲布在《暈眩》裡描述的那樣，每當列車在莫斯科附近的小站停靠時，透過車窗的鐵柵欄看見檢舉揭發「破壞分子」的紅色橫幅……

今天，莫斯科—摩爾曼斯克專列「阿克蒂卡」要開上足足二十四小時才能在半夜到達凱姆。這是一列很舒適的火車，有點慢，跟所有俄羅斯火車一樣。但慢也有慢的魅力，可以讓人從容地欣賞山林湖光。春天裡，漫長的落日之輝灑在湖面，金色、血色和紫色閃爍出令人難以置信的光景。列車長是一位愛笑的胖大媽，愛笑的人可不常見。儘管列車顛簸，她依然專心致志地刺繡，蕾絲小桌布中央繡著一個軟綿綿的吻。我的鄰座是個金髮高個子，呆頭愣腦，笑起來像孩子一樣，慷慨地分享他酒壺裡的威士忌，他是摩爾曼斯克和希爾克內斯的邊境監察官。淩晨一點在凱姆下火車，有點像到了世界盡頭。白天的到來也沒能從本質上修改這一印象。凱姆是同名小海灣上一座凋零的小鎮。鎮上有一座很美的木教堂，已經坍塌成廢墟。歐格別烏的舊址上開了家餐館，地方很大，看著不怎麼樣，但總比原先好。中轉營離鎮上有二十多公里，在一個叫拉波切歐斯特洛夫斯克的地方，正是「勞工島」。那兒簡直就是沙洲之岸……岸邊，搖搖欲墜的樅木屋和腐爛中的小船點綴著簡陋的小屋和生鏽的油桶。好像是說捕魚權賣給摩爾曼斯克了；不管怎樣，事實是水上一艘船也沒有。一塊突出的岩石上立著一座坍塌的木質小禮拜堂，下面圍著一圈已頹圮的柵欄。更遠處，一道粗獷防水堤的殘存部分插入水中，樹幹圍成的石籠裡裝滿石頭。岸邊的路取道原來的鐵道線，從火車站一直延伸至營地入口。還能看見陷進沙土地裡的枕木，路兩旁還有道床的石渣（看到來自過去和文字雙重非物質世界的事物具象化，心中很是激動：那些我只在書上讀到的、許久以前發生的事，它們留下的痕跡，現在，就在這裡，結結實實真真切切地擺在眼前）。根據作家奧列格．沃爾科夫的回憶，人們下了火車，迎上來的是拳頭和槍托。內戰時期前來助白軍一臂之力的英國軍隊在當地留下了臨時營房，裡頭的環境顯然還不太為大多數俄羅斯人所適應：床架、蝨子、臭蟲、各種氣味、普通犯的暴力。那一時期的一些照片（與其他勞改營不同，索洛韋茨基營被蘇聯宣傳部門津津樂道）展現了列車卸客的場景，男人女人們拎著揹著行李箱、提包和大包袱，頭戴大蓋帽、腳裹高筒靴的士兵們胸前扛著槍，在旁監督。

阿列克謝．費奧多謝維奇人就在這裡面，是穿過這道掛著一顆紅星且有著「KEMPERPUNKT」字樣的大門的可憐人之一。KEMPERPUNKT是Kemski Pérésylny Pounkt的省略寫法，「凱姆中轉站」。他在五月十一日到達，將在那裡待上一個月。他給妻子寫了好幾封長信（服刑這些年裡他將給她寫出一百六十八封信）。他為他們的女兒艾萊奧諾拉操心。「如果今年我申請不到材料複審」，他寫道，「你就應該讓小艾麗婭改用你的姓。這樣她會自在些，但她還是我的小艾麗什卡，我的小星星。不然的話，她上幼稚園或上學念書可能會有問題」。她會見識一個比我們的時代更有意思的時代，他說。照顧好她和你自己，他還說，你們是我的命。靈魂的力量會幫助你們戰勝分離的痛苦。在獄中，他補充寫道，他回憶起這輩子，然後發現他自願放棄自己出身階層的所有特權已經有三十五年。他曾經拒絕父親的物質資助，寧願過窮學生的日子。他心安理得地面對工人階級三十五年，心安理得地面對蘇維埃十六年，他說，這份心安理得給了他力量和勇氣。

勞改營不僅是暴力。不如說，勞改營本身就是純粹的暴力，但它包容了某些空間和時刻，使得教育的烏托邦還能間或倖存。在索洛韋茨基勞改營，凱姆的中轉營只不過是它的前廳，它具有令人費解的一點：在極端的野蠻裡，在隨心所欲剝奪成千上萬無辜者的這樣一種野蠻內部，存在著一些微乎其微的縫隙，如同暗黑叢林中的空地，讓精神得以躲藏。圖書館就是這些地方之一，范根格安姆以後會去那裡幹活，還有其他場所，像劇院和報告廳。這是索洛韋茨基的特別之處，也解釋了為什麼二〇年代的蘇聯宣傳部門熱衷拿它當榜樣。比如高爾基，他在一九二九年去索洛韋茨基轉了一圈（在兩趟阿馬爾菲海岸[53]之旅中間）！又比如赫里歐在烏克蘭，人們只給他看模範表演，他滿心歡喜地回來四處吆喝，當然了，人們就指望他做這個。這個特別之處會隨著時間漸漸弱化，但在三〇年代中期索洛韋茨基依然鶴立雞群。再往後，事情變得嚴肅得多，不過到那時就已經不是示不示眾的問題了。於是，范根格安姆做了若干關於「征服平流層」的講座——這方面他倒是知道不少。營中小道打照面時犯人們尊敬地喊他「教授」，這對他很受用。其實，人最最不能接受的，大概就是失去別人的認同了。

有天，他在廣播裡聽到對施密特的採訪，這位「北極英雄」剛剛死裡逃生。「你無法想像我的心情」，他在寫給瓦爾瓦拉·伊萬諾夫娜的信中說，「他的遠征不過是極地年的一部分，這個極地年，我花了多少精力和時間在上面，現在他載譽而歸，而我連個讓人聽我陳述的機會都得不到……」。他寫信給史達林，給加里寧，石沉大海。他無法相信他的信會被一直忽略下去。「三月九日，我給史達林同志寫信，說我沒有也永遠不會失去對黨的信任。有些時候這份信任會丟失，但我會抗爭，我不會任由自己被打倒」。有些時刻，從此得不到回復的恥辱感和瘋狂的無力感會占上風。有一些形勢能讓人真正認清自己和他人。他說，高爾基，「我們蘇維埃的伏爾泰」，為人類勇氣大唱頌歌的高爾基，他難道就不能具體地展示一下他如何為共產黨員的榮譽而戰嗎？

一九三四年七月十日，一艘名為「突擊手」的船把他和一批犯人一起運往索洛韋茨基。幾個小時的航行之後，白色的教堂從海平面上浮現，像被鐘樓狀的熱氣球拽著一樣緩緩升起，倒映在蒼白的玻璃水面上，天上的大團白雲紋絲不動，然後是克里姆林（意即堡壘）的城牆線在蓋著銀色木頂的胖塔間延伸，森林深暗的輪廓在周圍不斷延長：這場演出很慢，很美，但他還有心情沉醉其中嗎？

53 義大利南部薩萊諾省索倫托半島南側的一段海岸線，以崎嶇地形河如畫美景而聞名。

10

十五歲那年，尤里．奇爾科夫被荒謬地指控計畫炸毀橋樑，並蓄謀刺殺烏克蘭共產黨總書記科西奧爾（這位倒是沒多等，他將在一九三九年被槍斃）以及史達林本人。人們正處於列寧格勒黨委書記、史達林的潛在對手謝爾蓋．基洛夫被真的謀殺後的錯亂之中。一九三五年九月一日，因恐怖活動被判刑的高中生奇爾科夫在索洛維茨基下了船。這是個身材瘦弱的少年，但他聰明、好奇、堅毅，除此之外，還有人們所說的那種不管在什麼條件下都為幸福做好準備的特質（巴別爾在這種幸福裡看到了布爾什維克的一個「性格特徵」……）。正在朝他走來的命運並沒有什麼特別值得歡欣鼓舞之事，不要緊，他已下決心不錯過任何讚歎和學習的機會。九月一日的清晨，「突擊手號」駛進了費麗希特灣，修道院在霧中漂浮著出現，在曙光中閃著光，這讓他一時忘了自己的可怕境遇：還是個孩子的他，獨自一人，遠離親人，被丟進勞改營世界的漫長年月中（他最終在二十年後走出勞改營，在他所謂的謀殺物件死了之後）。換作別人可能早就跳海了。

但他沒有。由於年紀小，看起來又弱不禁風，他被免去了砍樹鋸樹這樣的體力活，很快會成為圖書管理員的幫手。因為勞改營裡有一座圖書館，一座很大的圖書館——藏書三萬冊，其中有幾千冊外文書，尤以法文、德文和英文居多。這些書一部分來自犯人，要嘛是他們隨身帶來，要嘛是家人給他們寄過來。二〇年代的索洛韋茨基是舊俄國的首都，舊俄國是「byvchie」的俄國，也就是「過去的人」的俄國。契訶夫筆下的人物都能（或已經）在這裡相聚。他們是讀書的人，有書的人。到了三〇年代，這樣的人或知識分子的比例變得愈來愈小，因為有大量的社會主義旅館迎接他們，許多新的機構開放使用，而且大批農民開始被流放，人多了起來。不過，「過去的人」還是很多的，況且人會走，書總是留了下來。跟這會兒的員警時代比起來，最初那段時間幾乎是理想時期，那時候，勞改營管理部門自己弄書的事也發生過。歸根究柢其實書的來源是一樣的，都是被扣押了一切財產的人民公敵的書櫃，有時候犯人會從營中圖書館借來的書上發現自己的藏書票。總之，索洛韋茨基有一座很大的圖書館，就安在堡壘—修道院的屋頂下，尤里．奇爾科夫會去那裡幹活，會在那裡和被他尊稱為「萬根海姆教授」的外文圖書負責人相處兩年。

一到那裡，尤里發現周圍全是學問家，便決心不能荒廢這裡的年月，要把勞改營變成他的大學，他給自己制定了學習計畫，堪比高等學院入學考試的水準：數學、物理、德語（他希望能讀歌德和席勒）、蒙森[54]的古代史、俄羅斯史、物理和經濟地理……這只是開始（接下來還有法語、經濟、「資本主義國家憲法」研究）。教授他數學和物理的，便是萬根海姆教授。在他關於勞改營生涯留下的生動回憶裡，尤里・奇爾科夫用輕淡的筆觸為「教授」立像：嚴肅，有些呆板，不苟言笑，跟他女兒記憶中的相反。他說，有點像尼古拉・蓋筆下的赫爾岑[55]肖像——寬闊的額頭，灰色的大鬍子和頭髮，有點維克多・雨果的味道。尤里敬仰他，但他們之間似乎從來沒有太親近過。說到他的數學老師被捕的原因時，奇爾科夫的記憶提出了線索，他說是「奧索亞維亞金號」平流層氣球的墜毀導致，實際上事故發生時他已經在盧比揚卡待了三個星期。他提到另一原因，在那個史達林主義陰森盛行的荒誕世界裡也不是不可能：他主持某一國際科學會議時，可能違背了上級指示，沒有用俄語而是用法語致了開場詞。總之，「很有學問，講的一口完美的法語和德語」。奇爾科夫說，他不好相處，最開始，看到這麼個小孩跑到圖書館來，他很不樂意，想必小孩馬虎吵鬧，圖書館又是這麼嚴謹靜謐的地方。他貌似也不是個太慷慨的傢伙（他不與人分享妻子寄來的儲備），但卻可以「挺身而出」跑去大罵勞改營管理部門，當他們打算阻止尤里去見前來探視的母親，唯一的一次探視可能就這樣永遠地被錯過（尤里的母親不久就死了，父親也是）。不管怎樣，他似乎沒有失去他的共產主義信仰：某天，他在一次討論中大為光火，因為他不願承認十月革命之後被廢除的軍銜又被重新引入紅軍隊伍中。

皮奧特·伊萬諾維奇·威格爾也是尤里的老師，教他德文。這位主教出生於薩拉托夫的窩瓦河流域德意志人[56]之中，他先在哥廷根求學，後來又進了羅馬的格列高利大學，接著前往巴拉圭和亞馬遜河上游的巴西祕魯邊界傳教：這是一位見識過毒蛇毒箭的

54 特奧多爾·蒙森（Christian Matthias Theodor Mommsen，1817—1903），德國古典學者、法學家、歷史學家，對古代史尤其是羅馬史有精湛的研究。
55 亞歷山大·赫爾岑（Alexander Herzen，1812—1870），俄國思想家、革命活動家、作家。
56 生活在俄羅斯南部窩瓦河流域的薩拉托夫及周邊的德意志族人，大部分為十八世紀俄國葉卡捷琳娜二世在位期間應召到俄國墾荒的德意志人。

主教閣下。他被梵蒂岡派到蘇聯調查天主教徒的情況，結果因一長串數量奇多的罪名被逮捕判刑，間諜活動、破壞活動、反革命宣傳，甚至武裝暴動……除了俄語和德語，他還講義大利語、西班牙語和英語，能讀拉丁文、希臘文和希伯來文。許多傑出英才在索洛韋茨基的圖書館中相逢。破碎的命運和道路本不可能交匯，卻被專制的鐵腕圈在北極圈附近的這座小島上。有些人會倖存下來、作證，比如奇爾科夫；其他的，大部分都會死在那裡。皮奧特．伊萬諾維奇．威格爾不是唯一一位高級神職人員，還有奇奧．巴特瑪尼馳韋利，一位將但丁作品翻譯成喬治亞語的喬治亞主教；帕維爾．弗洛連斯基，既是東正教神父也是百科全書式學者，這兩項才能總不能和睦相處。他是別雷的朋友，也是哲學家、數學家、物理學家、化學家，在神學和相對論之間來去自如……即使他曾在科學機構或工廠中與布爾什維克並肩工作，也無法阻止他因第五十八條第九項（反蘇維埃、反革命宣傳）被捕。在索洛韋茨基，他用自己設計的一套小裝置從海藻中提取碘。

這裡有修士，也有音樂家。列奧尼德．普利瓦洛夫，俄羅斯最佳男中音之一，基洛夫劇院（如今的馬林斯基劇院）和巴庫歌劇院的歌唱演員；鋼琴家尼古拉．維古斯基，莫斯科音樂學院前教授；切爾博維奇，莫斯科大劇院首席小提琴；有茨岡樂團，由茨岡之王果戈・斯塔內斯庫本人領銜，人稱特里福羅・勒・馬杜拉科，第五十八條的一「串」條文判了他一系列罪行（為羅馬尼亞進行間諜活動、恐怖活動、反蘇維埃宣傳等等）。有烏克蘭著名話劇導演列斯・庫爾巴斯，一九三三年，他因為脫離群眾的先鋒主義而被從自己在基輔創立的春天（Berézil）劇團趕走。有工程師和哲學家。帕維爾・埃文森，他將活著離開這裡並且成為質子號火箭的設計者。動物的好朋友米哈伊爾・布林科夫，朝一輛黨的大人物的黑色轎車扔了個下水餡餅，因為它剛輾死了一隻小狗，他沒能出來。有醫生，巴庫的奧馳曼教授不小心打碎了一尊史達林半身像。從語史學家變成黑海艦隊政委的格里高利・科特利亞雷夫斯基，寬厚地主持著圖書館的工作直到一九三七年的「整頓」，范根格安姆也在那時候被開除。有「背誦維吉爾[57]的烏克蘭拉丁語學生」。有在營裡當起理髮師的日本「間諜」。一名奧地利前軍官，優秀的騎兵，用斧頭砍死了襲擊他的幾名乞丐。德國共產黨人赫爾曼・庫布費斯坦，參與了刺殺納粹黨年輕

57 普布留斯・維吉留斯・馬羅（公元前 70—公元前 19），拉丁語作 Publius Vergilius Maro，英語化為維吉爾，古羅馬詩人，長篇巨著《埃涅阿斯紀》（Aeneis）被認為是代表古羅馬文學最高成就的作品。

「烈士」霍斯特．威賽爾的行動。共產國際執委的一名匈牙利籍祕書變成索洛韋茨基燈塔的看守人。還有雅蓋洛王朝最後的王子，立陶宛大公和波蘭、匈牙利國王們的後代，髒兮兮的禿頭老漢，面色發紅，貪吃，舉止倒是禮貌，有天晚上因為成功弄到並吃掉了三份配額的麵包而消化不良，死在了自己的床架上。

這個人員成分複雜、文化程度高、國際性強的小社會圍著圖書館打轉。儘管屬於勞改營邊緣群體，卻絕不是地下組織，它在很長一段時間裡被管理層認可甚至鼓勵。一邊是累人的體力活，少得可憐的麵包和清湯，冰冷的禁閉室和時不時的處決，一邊卻有這樣一種生活，像是過往時光的殘餘。這是「索洛韋茨基特別營」（SLON）的矛盾之處。這真是一個令人費解的故事——我不肯定自己已經完全、完美地理解。在古拉格為數眾多的勞改營中，沒有一個具有索洛韋茨基的特點。博學的主教和德國共產黨某突擊隊前隊長交往，嚴肅的氣象學家結識了茨岡[58]之王。極端的政治暴力把他們扔到了這裡，這個一年中有一半時間被冰原環繞、漫長冬夜裡極光籠罩天幕的小島，極端的不公正將他們從家庭、職業、宅邸一切大大小小構建生活的土壤中連根拔起，記憶卻一直頑固地跟隨；但這樣的暴力和不公至少在一段時間裡容許人性存在。那裡有劇院，列斯．

庫爾巴斯既排演奧斯特洛夫斯基和拉比什的作品，也排演一些富有教育意義的戲碼。有音樂會——演奏布拉姆斯和拉赫曼尼諾夫第二鋼琴協奏曲，預報的卻是柴可夫斯基，只為掩人耳目，因為他們竟敢演奏移民的音樂。有段時間裡還存在一個「地方研究協會」，專攻群島的動物誌和考古。於是，就有許多書從彼得堡、基輔或莫斯科古老的圖書館追隨它們的讀者被流放到這裡，它們會是比許多人更忠實的朋友。俄羅斯經典作品，當然，不過也有外國的，尤其以法國作品居多——法語在俄羅斯依然是大語種——斯湯達爾、巴爾扎克、雨果……葉爾斯泰沃（大約索洛韋茨基以南五百公里的一個村莊），我在那裡的圖書館發現了斯湯達爾的《自我中心回憶錄》和《亨利·勃呂拉傳》，封面上都有和一九一三年愛德華和奧諾雷·尚皮雍出版社首個未刪節版上一樣的側面肖像，還有「OGPU SLON 圖書館」的長方形紫色章印。奇爾科夫記得他手上曾經有過一本由屠格涅夫親手用俄法雙語標注的《悲慘世界》，以及伏爾泰的《奧爾良少女》的原版……在索洛韋茨基那段時間裡，他既讀艾利賽·何克律的《世界地理》，也

---

58 法語 Tzigane，意指羅姆人（Roma），即俗稱的吉普賽人。

讀《巴馬修道院》或菲爾丁的《湯姆．瓊斯》。甚至還在一九三七年七月讀過《追憶似水年華》的前兩部，「在當時很流行。」他說……《在少女們身旁》出版於一九一九年——也就是說，相對新的書也有可能去往索洛韋茨基。一位年輕男子在蘇維埃的勞改營中讀普魯斯特的阿爾貝蒂娜和安德列的心路情思！在白海的正中央想像巴爾貝克海灘和利維貝爾餐館：貌似不可能的事，在這裡成為現實……

第二部

我對蘇維埃政權的信心絲毫未動搖，阿列克謝．費奧多謝維奇在一九三四年六月一日的信中寫道，彼時他剛到索洛韋茨基。「然而奇怪的是，五個月來我的申訴得不到任何回應。」他給加里寧和史達林寫過好幾次信。加里寧是個老花瓶，這是眾所周知的事，一個隨和的老布爾什維克典範──隨和到一九三八年他自己的妻子被流放至古拉格，他都沒有二話──但他畢竟是最高蘇維埃主席團的主席，他還是可以做點什麼的。我被分配到大棚裡幹農活，他接著寫。一天的工作從早上六點開始到下午四點結束，十個小時，中間無停歇。不過，這也不是太辛苦的工作，和被派去砍樹、運樹的大部分犯人相比，他已經夠「享受特殊待遇」的了，因為他被認定患有神經衰弱，他獨處一室時會異常焦慮，在開放的空間望天時也會，這對一個氣象學家來講簡直是災難。「我做了個關於北極征服行動的講座，」他又寫：「大自然很美，但日曬太少。史達林同志收到我的信了嗎？」

我對蘇維埃政權的信心沒有動搖。他用學生作業本的紙給妻子瓦爾瓦拉寫信，字體又小又密，不易辨讀。第三頁和第四頁的下方是為女兒畫的小畫或植物圖集，瓦爾瓦拉可以折疊剪下給女兒。她對女兒說她父親上北極遠征探險了，要去很久。我和另外五個人住一間房，他在給瓦爾瓦拉的信中說，我們相處得挺好。我被認定為健康狀況三級（除了殘疾人之外——一共有四個等級），我的工作並不難，空閒時我就用碎石子做鑲嵌畫。他很快就無比熟練靈活地掌握了這項技巧，而且還意想不到地派上了用場：他製作了若干史達林的肖像。是出於信念，還是妄圖誘騙勞改營管理層好換取瓦爾瓦拉的一次探視？還是指望這事傳到史達林耳裡，然後給他回信，還他一個公正？不管怎樣，不管他是盲目的還是那點可憐的小計謀使然，看到這個男人、這個學問家在沒人強迫他的情況下去為讓他受折磨的那個人立像，總是有些悲戚。「我得到許可，」他寫道，「可以給艾麗婭寄一件我給她做的東西，是一個用波波夫島的小石子、碎磚粒和煤粒裝飾的首飾盒。我很少讀書，但我打算回頭加把勁。」

蘇聯的檢察官阿庫羅夫前來視察，順便去看這位膽敢不滿判罰並且以無罪抗議狂轟濫炸高層當局直至最高領袖的人（這個阿庫羅夫此時還是蘇聯的檢察官，他裹著皮大衣，好心前來聽這一位因為過於激動而語無倫次的訴狀，但他不知道的是——他們倆都不知道的是，檢察官比犯人還早被槍斃三天）。「我對自己不滿意，」阿列克謝寫給他妻子，「我怕會歇斯底里，所以喝了幾滴纈草。我忘了一些很重要的東西，隨便一個問題都會打斷我的思路。阿庫羅夫帶著一群官員來到我的囚室，而我事先毫不知情。我剛用各種顏色的石子完成了一幅史達林的畫像，就擺在桌子上，我覺得很尷尬，因為人們大概會認為我是刻意這麼做的。總之，我希望他能明白我的情況有多麼糟糕。」（我們會不由得想，若要避免如此糟糕的狀況，最好是不要去為同一時期被曼德爾斯塔姆用蟲子和蟑螂與其手指和鬍鬚做比的那人[59]立像。）

他還寫道：「我們五個人共居一室，都是勤快的人，還有一名年輕人，我很想幫助他學習。五個人有點擠，但五個人看好囚室也更容易，家裡總是有人。我依然沒有加里寧和史達林的回覆，也沒有中央檢查委員會的消息。我不知該做何感想。我無法相信沒有人關心真相。我依然相當尊重黨、尊重蘇維埃政權，依然對真相早晚會勝利懷有希望，這個信仰支撐著我。」他無法相信，他努力做到無法相信，他八成感到自己已經開始懷疑，如今是一九三四年七月，他被逮捕已經七個月了，但他知道，只要他讓疑慮占

59 指史達林。蘇聯著名詩人奧西普・曼德爾斯塔姆在一九三三年寫了一首諷刺史達林的詩〈克里姆林宮的山野村夫〉，詩中拿蟲子和蟑螂與史達林的手指和鬍鬚做比。

據他頭腦中哪怕一丁點兒位置，他將不再有任何支撐。

七月了，天很熱，他寫道，簡直是南方的酷熱。海在古老的堡壘前閃爍，帶來自由的遐想。從早上八點到晚上十一點，有時候是午夜，我的工作就是在堡壘周圍種樹，倒不是很累人，而且還能讓我不陷入悲傷的思緒中。史達林和加里寧對我的申訴沒有任何回應。我不知該做何感想。我從內心深處擔心沒有人關心真相。我心中不由自主地生出可怕的疑慮，目前我還能夠將它們撇開，但是很艱難。我幹很多活，精神上則是空白，但假以時日，我會認真對待這個問題的。假以時日……他開始明白他可能會在那裡待上很長一段時間。我和與我十分不一樣的人一起生活，他寫道，最近有次在洗地板的時候，我突然很不舒服，烏克蘭人（那個分配工作的人）就沒讓我繼續。你去高爾基家了嗎？這邊都在說他的壞話，人們還記得他上次來這兒的旅行。阿列克謝說的那趟旅行，就是一九二九年六月高爾基攜家眷參觀勞改營，他兒子、兒媳都是一襲黑皮衣，遊覽歸來他們甚是高興。幾個月之後，索洛韋茨基大規模執行處決。不難理解「蘇聯伏爾泰」為什麼在流放人群中沒有好口碑。再往後，他對古拉格旅遊貢獻更多：一九三三年八月，他領著一百二十名作家乘郵輪溯白海—波羅的海運河而上，這條運河剛剛開鑿完畢，幾萬名犯人付出了性命，大部分來自索洛韋茨基。一百二十名身著白色西服套裝的先生在閘口問奴隸們：你高興嗎？我的朋友。你在勞動中好好改造了嗎？這趟旅程過後，一本書在一九三四年問世：《白海—波羅的海史達林運河》。在法國，阿拉貢為勞動改造如此「非凡的實驗」欣喜若狂。而高爾基……就跟施密特一樣，他忙別的事去了。

「我從內心深處擔心沒有人關心真相。我在堡壘的種植園工作。」七月二十日阿列克謝・費奧多謝維奇寫道。到這時候我們確實有點替他難為情。我們希望他能更清醒一點、反叛一點，但他沒有，他繼續當一個共產主義好戰士，一個被餵滿了意識形態的好蘇維埃人，對他命運的等待看來並沒有動搖他的信念，他還不是唯一遭此下場的人。每塊花圃，他寫，都會對觀者有所啟發。他結合石頭和花朵打造了一塊紅星花圃，另外一塊排成口號「勞動最光榮」，讓人聯想到另外一句口號，掛在納粹集中營門上的。他為列寧和捷爾任斯基製作肖像……是的，捷爾任斯基，契卡[60]的創始人啊！反抗者是有

60 指情報組織「全俄肅清反革命及怠工非常委員會」，簡稱全俄肅反委員會，通稱契卡。

的，比如這位了不起的女性，葉夫蓋妮婭．雅羅斯拉夫斯卡婭－瑪律孔，儘管因事故致殘，依然試圖讓她的丈夫逃跑，失敗，輪到她被流放到索洛韋茨基，她拒不服從一切，有天在脖子上掛了塊牌，上面寫著「契卡人去死！」，最終在一九三一年被槍斃，死前也沒忘朝營指揮官臉上吐口水。但他，阿列克謝，不是一個反抗者。反抗不在他的性情之中，也沒在他受過的教育之內。就連雲，他最喜歡的也不是帶來風暴的那種。他為契卡的創始人立像……八十年後，我寫著他的故事，猶豫著要不要加上這可悲的一筆，為什麼呢？因為我更願意他像葉夫蓋妮婭一樣不妥協，我更願意去敬仰他，但他沒有什麼值得敬仰之處，也許這正是事情有意思之處，他就是一般人，一個不問問題的共產主義者，或者說直到後來才被迫開始問問題，而且是得經過怎樣的震動才能讓他怯生生地走到問問題這一步。他是個平庸的無辜之人。貌似德雷福思[61]也很讓人失望，以另外一種方式。「就因為他遭遇不公的審判」，貝爾納．拉扎爾[62]如是說（被佩吉[63]引用），「我們就對他百般苛求，要他十全十美。他是清白的，這已經很了不起了」。

「我被評為勞動突擊手，」他寫，「這也是為什麼我有資格在七月裡給你寄四封信，這個獎勵真是立竿見影。」他有了一天休息時間，他把這一天用在採蘑菇和藍莓上，史達林的一幅碎石子肖像也宣告完工，他很開心。他在醫院，人們用「藍光」（也就是紫外線）給他的手做治療，但醫生並不看好這種療法。他被批准每天淋浴一次，他覺得此等待遇能夠舒緩他的神經。他還被批准把一副壞掉的夾鼻眼鏡寄到大陸去修。做什麼都得批准，就像對待小孩一樣。他試著讀一點書。他用碎石子又造了一幅畫，是一頭黑白的牛，背景是牧場和天空：這可比為史達林立像好多了，但是給偉大領袖造了像之後又給牛造像，是不是有點放肆啊？他好像沒這麼想過。牛看起來不錯，他說。他心想他是不是白費力氣讓瓦爾瓦拉去找高爾基，關於他，勞改營裡流傳著很不好的說法，而且好像都不是空穴來風。季米特洛夫呢，他是否有試著去找他？也許曾經被誣陷的經歷會讓他更同情自己的狀況？還有施密特，他有去找他幫忙嗎？也許他的榮耀並不會阻

61 法國著名的德雷福思事件，一樁持續了十二年的間諜案件。一八九四年法國陸軍軍官德雷福思受誣陷犯有叛國罪，被革職並流放，不久後真相大白，政府卻不願承認錯誤，整個法國社會分裂為兩個陣營。在群眾壓力下，最高法院於一九〇六年重審案件，還德雷福思以清白。

62 貝爾納．拉扎爾（Bernard Lazare，1865—1903），法國文學評論家、記者。

63 夏爾．佩吉（Charles Peguy，1873—1914），法國作家、詩人。

礙他為真相而鬥爭？他不願相信人們、這些人們、這些同志都被蒙住了雙眼還不願恢復視力。

我不記得是否跟你說過，史達林收到我的上訴了，他在九月的信裡寫道。阿庫洛夫告訴我的。我在這裡八個月了，開始給他寫信有四個月了，我一直在問自己為什麼。白夜結束了，天色愈來愈接近秋季，很快便是秋分。幾乎已經看不見海鷗。冬天快來了，海鷗們趕在海面結冰之前離開群島，等到春末再返回。我想給你寄個包裹，他寫，我會在裡面放一個碎石裝飾的文具盒，還有我壞掉的夾鼻眼鏡。我的狀況惡化了，也許是秋天到來的關係。我收到你的包裹了，在醫院收到的，我不得不待在那裡。按照曾經在那裡當過短暫幫工然後又當了護士的尤里・奇爾科夫的說法，這所醫院跟我們在別的集中營裡看到的那些等死的地方大不相同。許多高水準的醫生勞改犯在那裡行醫，院長是莫斯科一位有名的兒科大夫，對衛生抓得細緻入微。我的身體狀況還可以，他寫，需要醫治的是神經。我參與安排圖書館和閱覽室的工作，但主要是通過信件來完成。

白夜結束，天光愈來愈接近秋季。白夜的時候，太陽擦過西北方的地平線又升起，雲朵之間是金色的天，樹頂一直被陽光照亮。世界沐浴在這樣的光中彷如夢裡所見。秋天很快就到，他寫道，永夜就要來臨。我們今天第一次生爐子。森林黃了，赭石色的，樹的葉子都掉光了。我不知道出院之後會做什麼，我希望不要在室外勞動，儘管我愛大自然，但我的年齡和神經衰弱讓我很怕冷。同志們給我寄來報紙，他寫道，但我讀不進去。就連最簡單的東西都讓我煩躁。我斷斷續續讀了三回，才把李維諾夫在國際聯盟的發言讀完。跟北極有關的東西我避而不讀。天氣愈來愈壞，白天愈來愈短，夜晚的光線很昏暗。秋天的冷雨下了起來，十月二日下雪了，下了兩天。我為圖書館的整理歸類寫了點材料，還編了些課程。關於我向中央監察委員會提出的第二次請求，你去問了嗎？他在十月六日寫道：我是在八月六日發出的。你去找施密特了嗎？我很希望在航線停止之前得到你的答覆。我心中不由自主地生出可怕的疑慮。

白天愈來愈短，夜晚的光線很昏暗。據我估計，他在十月底寫道，你沒有收到我的第十六號和十九號信件（勞改犯們給他們的信件編號以便知道哪些到了哪些丟了）。你的信來得很不規律。我在學習卡帕布蘭卡象棋的下法，但我不能玩，因為對我的神經不好。你問我如何前來索洛韋茨基，不幸的是這是不可能的，要接受探視的話，犯人會被轉移到大陸上待幾天，而我沒有得到批准，他寫道。這些被如此強烈渴望的探視對流放者的精神也是沉重的打擊，當他們見到至親，令人心碎的回憶也隨之而來。奇爾科夫講述了他在凱姆見到他母親（就是「萬根海姆教授」為他挺身而出和勞改營管理層交涉那一次）之後心裡湧起的悲傷，而且他有預感（將被證實）他不會再見到她了。也許我是任由生活跑到我的前頭去了，阿列克謝在十月的最後一天裡這麼寫。新的行為準則如何形成，我沒有看到，世間發生的事我也理解不了。他們第二次拒絕給我探視權，他又寫道。

紀念十月革命（我們日曆裡的十一月）的慶祝會來了，這是第一次在這樣的條件下過，他說。他出院了，情緒很低落。他裝飾了圖書館，寫了標語。他的營友同志們去看話劇演出，但他不想和他們一起去。「不能和你一起去讓我很難受。」他寫給瓦爾瓦拉。他寧願一個人看牢房。他最後一次去劇院……更確切地說是最後一次沒能去成劇院……他們約好了在莫斯科大劇院見，他還記得就是他被捕的那天。他計算著，再過兩天，噩夢的第十個月就要過去了。他想到這失去的十個月心裡有多麼苦澀，而國家又是多麼需要專家呀！他注意到人們已經把他的名字從瑞典氣象學家伯傑龍翻譯出版物的出版人一欄上抹去，真是悲哀，可是和剩下的一切比起來這也只是雞毛蒜皮。我沒法像以前一樣畫畫了，他說，我沒有那麼多時間，白日的光線太少。沒有太陽的日子裡囚室非常陰暗。昨天，我開始給艾麗什卡畫一朵花，但光線太差了，我沒能畫完。不管是夢是醒，他說，靈魂都無法休息。

再過兩天，噩夢的第十個月就要過去了。在圖書館他有了新的職位，不怎麼累人，他表示。他做了一場關於平流層的講座，有點難過，因為讓他想起了當年和「URSS-1」平流層氣球飛行員普羅科菲耶夫一起講演的往事。回憶又湧上心頭，那是光榮的日子，就在一年多前。躺在自己的硬床板上，他看見自己正在穿過一個幽靈般的莫斯科，濃霧籠罩，幾乎看不見城市的樣子，只有車燈燈光艱難地穿透霧層，克里姆林宮塔頂的紅星在紅色水汽的漩渦中若隱若現，莫斯科彷彿第二次陷入火海，這場霧是個壞徵兆，在昆采沃軍事機場，巨大的布罩子上千萬顆玫瑰色的珍珠在拂曉的晨光中閃爍……然後是真正起飛的那晚，他花了一整晚來調試莫爾查諾夫的儀器，為突如其來的重任焦慮不已，但也許又心中暗喜，因為從列寧格勒來的火車的誤點令他獨掌大局……在《真理報》頭版評論此次飛行科學成果的也是他。莫爾查諾夫，他又變成什麼樣了呢？他的現狀的可怖之處，不僅僅在於與家人分離，不僅僅在於被誹謗、被侮辱、被當成罪犯對待（他的軟弱對此也有貢獻），更是，變得百無一用，不再有當年的熱忱、操心和自豪。想到白白浪費的這幾個月，心裡是多麼苦澀，他寫道……多麼的苦澀啊，想到別人還在繼續，而自己卻淪為廢柴一堆，在這個冰原和黑夜包圍的小島上，給苦役犯們做幾場早晚要被遺忘的講座。

我給自己制定了冬季閒置時間的計畫，他寫，為我打算撰寫的氣象學專論做準備，閱讀外語讀物。我開始用法語讀《湯姆叔叔的小屋》。我忙到連下一盤象棋的時間都沒有。最近的天氣是典型的索洛韋茨基風格：下兩天雪，然後全部化掉，變成凍雨和霧。施密特和普羅科菲耶夫怎麼樣了？這個普羅科菲耶夫命運悲慘，卻也是非一般的傳奇。他是農民的兒子，十五歲當了工人，後來參加了紅軍，從一個普通的士兵成長為飛行器專家，他發明了一套相當複雜的平流層氣球發射系統，到頭來也沒正經成功過，通常都是以吊籃索的致命纏繞、閥門意外開啟和墜落收場。就在第一次墜毀已經造成不少損失之後，一九三九年三月，普羅科菲耶夫駕駛的「URSS-3」再次墜落。他本可以跳傘，但他沒有。他和其他兩名機組人員均嚴重受傷，他大約也意識到了這個十足失敗的發明已經摔碎了自己的脊椎、震掉了自己的腸子（也導致樣本飛行器的飛行員的死亡），他在醫院裡朝自己腦袋開了一槍，一邊還做著更高紀錄的夢。他榮耀的頂峰，是一九三三年九月三十日懸在一萬九千公尺高深藍天空中的時候。然後，風光不再。可以的話，阿列克謝在給妻子的信中寫，給我寄一本英俄詞典。我負責管理圖書，從八點到十六點，然後是十七點到二十二或二十三點。剩下的時間，吃飯，休息。我幾乎無法閱讀。只能找一小段一小段的時間練外語。今天下午我給我們的小女兒畫了畫。我真想到一個極地氣象站去過上一年，太想了，至少能做點有用處的事啊！

冬天來了，不留情面地，他在十一月底寫道，風颳得狠，到處白茫茫一片，湖已經結凍了，海還沒有，但很快也會結凍，從那時候起到五月我們都將與世隔絕。我所有的思緒和欲望都朝你們狂奔而去，你們，還有必將重建真理的黨。我沒有失去信心，我不願失去信心。我在給圖書館做盤點。很少有時間閱讀。我得把補襪子這件事推遲到下週末，但我每天總能騰出幾分鐘給我的小女兒做點什麼。我用夾板給自己造了個大文具盒，裡面可以放墨水、中國墨、鉛筆、畫筆、眼鏡和夾鼻眼鏡。依舊沒有阿庫洛夫的消息，他寫道，看來不會有消息了。我的大腦拒絕理解，所有這些跟我所知的布爾什維克太不一樣……但我沒有失去對黨的信仰。依然是這點「對黨的信仰」，他絕望地抓住這最後一根稻草讓自己不至於墮入深淵，可是從他的信誓旦旦之中不難看出這點信仰已經在棄他而去。

我所有的思緒都朝你們狂奔而去，他寫道：我成功地在白波運河第十三段指揮官走之前的幾分鐘把一封給史達林同志的信塞給他，他向我保證會馬上發出並把寄信日期告訴我。我懇求你去祕書處打聽打聽，看他是否收到了我的請求：這封信首先關乎的不是我個人的命運，而是因為黨，所以它才特別重要。我做了一場關於採用噴氣發動機實現月球或火星之旅之可行性的講座，他寫道，只有三十幾名聽眾，卻提了很多問題。只有三十多名聽眾，每一個都夢想著一趟不可能的返程之旅，或往莫斯科、列寧格勒，或往基輔，重返家庭、工作崗位和拋下的生活，但同時也依舊對月球之旅感興趣……「奇事奇觀何其多，最神奇莫過於人，」索福克勒斯說。海在與冬天抗爭，已經開始結凍但航船仍能通行，依然有船靠岸，但少之又少。

一段月球或火星之旅。一封給史達林同志的信。史達林同志所在的世界離被流放的范根格安姆比月球或火星還遙遠。一九三五年一月，他完成了一幅用玻璃畫框裱起來的基洛夫肖像。一個月前基洛夫在列寧格勒被謀殺。這種畫銷路不錯，這已經是他接的第四個訂單。晚上他打算就一個他覺得相當新穎的主題做一場演講，「人類的知識探索全景圖——從創世之初到社會主義的建立和無階級社會的出現」，一個不乏野心的主題。我不知道效果會怎樣，他說。你對你的物質生活情況避而不談，他在給瓦爾瓦拉的信中寫，還是談及這個話題的信都丟了？總之，得不到這方面的資訊讓我很焦慮。最近三天來天氣特別冷，不過你不用太擔心，我們一週生一次火爐，這裡一直都是暖的。圖書館也暖和，我們的工作條件挺好，一直有電燈照明，因為日照太短。我不得不換了房間，現在我們四個人住一間，有點擠，但和平共處。我們得做很多工作，我完全沒有時間給我的小星星畫畫。

最近三天來天氣特別冷。飛機給圖書館送來報紙，他寫道，我整理第一堆一直到凌晨四點，第二天夜裡我盤點第二堆直到早晨七點。然後還得為列寧日做準備。今天凌晨三點我才結束工作。我用中國墨畫了一幅V．M．（想必是莫洛托夫）的肖像，帶玻璃畫框的那種，周圍一圈紅旗和各種社會主義建設成就：第聶伯河水電站、化工廠，等等。一場雪暴帶著狂風橫掃全島。是的，這一年白白浪費了，他寫道。要是我在莫斯科得罪了誰，那他們本該把我送到外省組織個集體農莊，我有農村勞動經驗，或者讓我到某個極地氣象站待上一年，這也還有意義，而現在我過的這一切是絕對的無意義。不要以為是我太天真，所以才堅持想要知道我給史達林同志寄去的那些信的下落，他寫道。如果奧托．尤里耶維奇知道那裡頭的內容，他肯定會把採取行動當做共產主義的神聖職責來完成。奧托．尤里耶維奇，就是施密特，切留什金號探險之行的總指揮。我的精神狀況愈來愈糟糕。得到你們的消息是唯一能給我快樂的事。你們，在那邊，你們正經歷著一個非比尋常的歷史性時代，每天都有新的成就、新的勝利……第十七次代表大會，地鐵的開通，這些本該是讓我多麼興奮的事情啊！你認為我不關心吃，你錯了，我沒餓著，我甚至吃得太多。我的廚藝也有進步，我給自己和室友們做過水果蛋糕之類的東西，一點兒也不難吃。

我親愛的，你在寄包裹上花了好多錢。在歷史面前，你們的痛苦連理由都找不到。如果史達林知道這一切……我無法在頭腦裡把布爾什維克和絕對無意義放在一起，他寫道。三十五年前，我和我出身的階層決裂，我把我所有的精力和知識都獻給了工人階級。為了保留靈魂的力量我努力抗爭著，我不願意失去對黨對蘇維埃政權的信任。我依然希望理性終究會勝出，這比我的個人命運重要得多。你應該問阿庫洛夫要一次探視批准，也許來年開航時你就能得到。我還會給史達林和伏羅希洛夫寫信，能有用嗎？我不知道，但這是我對黨對國家的責任。你說你要向赦免委員會提申請。可是，我的孩子啊，我們赦免的只能是罪人，而我不能認一個子虛烏有的罪。

我給史達林寄去了我的第七次申訴，他寫道，目前一切都是徒勞，我完全無法理解。為了保留靈魂的力量我努力抗爭著。別忘了給奧托．尤里耶維奇打電話，我拜託他把請求的結果告訴你。不知道北極英雄是如何回答瓦爾瓦拉的，我們沒有他給他的信，但從阿列克謝隨後一封信的內容中不難猜出。看到奧托．尤里耶維奇所為所言，他寫道，再明顯不過，真相的時代還沒到來。施密特的背叛給了他一直努力保留的幻想一記重錘。一年來他同疑慮做鬥爭，他知道不能讓它滋長，這玩意兒就像乾草堆上的火星，得趕在它吞噬一切之前用鞋跟把它踩滅。忽然之間他感覺自己燒成了灰。現在是一九三五年春，四月。淒慘的春天。歷史必將為我正名，這點我不懷疑，他寫道，但直到不久以前我還認為只要收到我的請求，黨就會明白的。看來並非如此。

他再也無法理解，完全無法理解。現在是春天了，他在五月十八日寫道，他們說這幾天有條船要到。只有港口還有冰。田野依然被雪覆蓋，湖還凍著，但海鷗已經回來了，好幾隻已經有了自己的巢。今天，他寫，我在廣播裡聽到了「馬克沁·高爾基號」的災難和死難者的驚人數量。「馬克沁·高爾基號」，工程師圖波列夫（他很快也會來到勞改營中）的作品，是當時世界上最大型的飛機，機翼長達六十三公尺，八個發動機，前方有全景觀景艙。這台飛行機器是出於宣傳目的而造，因此還配備有攝影和廣播工作室，大功率的高音喇叭，一個印刷廠，一個放映廳，甚至還可以把發光的文字打在機翼上。龐然大物引得各方驚歎稱奇，直到一九三五年五月的一天，為了給這台空中表演機錦上添花，一架小小的雙翼機在一旁翻著跟斗，結果撞到了機翼，大飛機直直墜地，機上四十五人全部喪生。莫斯科的新聖女公墓裡，離契訶夫的墓不遠的地方，有一座相當壯觀的「馬克沁·高爾基號」死難者紀念碑。阿爾漢格爾斯基的哥哥是否在乘客裡頭？阿列克謝·費奧多謝維奇很是擔心。阿爾漢格爾斯基，一位優秀的婦科醫生，是沒有拋棄瓦爾瓦拉和艾萊奧諾拉的他的三位朋友之一，另外兩位是氣象學家蘇沃洛夫和赫羅莫夫，後者就是「忘了」在他關於氣象學「新思想」的文章中引用列寧和史達林的那位。一個頑固的孟什維克，明擺著……

現在是春天了，他在五月二十四日寫道。幾乎所有的雪都化掉了，航線開通，湖上依然覆蓋著髒冰，但黑色或綠色的洞在逐漸擴大。然後，六月一日，一場大雪暴。我沒有出門，他說，待在暖和的屋裡，但我心裡頭冰涼。你申請探視了嗎？阿庫洛夫應該會給的，但現在我不知道了。因為阿庫洛夫已經被維辛斯基所代替，這個未來的「莫斯科公審」檢察官語言粗暴，他要求對待被告者包括布哈林和其他老布爾什維克，要把他們「當作長疥瘡的狗一樣暴打」，「像可惡的爬蟲一樣碾碎」，「可憎的叛徒們，雜草和壞葉會長滿他們的墓塚」，他還會寫詩。對這麼一個人沒啥好指望的，儘管他還沒完全大展拳腳。憤怒在我心中沸騰，阿列克謝寫道。他們有什麼權力讓一位忠實的公僕遭受如此折磨？我到這裡一年了，這一年在我生命中是被劃去的。我有時候讀雜誌會碰到把我的工作成果作為參考材料的情況。以前，我們對此沒有機會多談，你大概也不知道我都做了些什麼，時間會過去，所有曾經填滿我的工作生活的一切都將被遺忘。我決定為你和女兒做一個我的工作成果總結，我要讓你們知道我不是個「煙霧彈」（光說不練的懶鬼）。

就在這個時候，一九三五年六月十日，他提到了「風力檔案」和「日照檔案」，以及他在風能和太陽能中看到的未來的能量庫。他明白，沒有他，生活會繼續，他的事業也會繼續，後人會重拾他的創見、他的工作、他的夢想，這又是另外一番折磨。他似乎已經失去了某天重返蓬勃世界的希望，在那裡，人們計畫、決定、實現，那裡有未來，人們聲稱要像馴服野馬一樣馴服它，在那裡，人們一邊自我建設，一邊建設社會主義。這裡，這個島上沒有未來，沒有成就。這個島是死之島。他要留給妻女的是一封遺書，要她們至少不要忘了他並非是內務人民委員會檔案中的一樣東西、一個編號。他寫道，一九三四年我本應該把蘇聯第一版風能分布圖完成的。它肯定已經發表了，但沒有我的名字。日照檔案也是，我的孩子。風能是取之不盡而且可迴圈再生的。蘇聯大地很快就會由風能實現電氣化，而我的名字會消失無蹤。太陽能則更加強大。未來屬於太陽能和風能。

我心裡頭冰冰涼。我們從冬天到了夏天，天氣很熱，他在六月底寫道。許多野鳥飛過天空，往北飛去。他抱怨沒能在氣候對人體構造影響的研究上取得進展。這個問題，他說，可能對人類壽命的延長有意義，他一直都很關注。他很引以為豪的是，一九三二年，他組織召開了蘇聯第一個、甚至也許是全世界第一個專門討論氣候對人類影響的會議，參加會議的有醫生、建築師、工程師、林學家、規畫師……目的在於思考水文氣象機制與健康、建築設計和城市規畫之間的關係。從氣候的角度出發思考居住環境和城市，這在當時可不尋常，他顯然是個先驅。他在報紙上讀到關於新的一次平流層飛行的文章（六月，應該是「URSS-1 bis」，差點又一次演變成致命墜地），他眼前又一次浮現莫斯科的濃霧，司機米卡的車燈照亮的前路，準備器械的那一整夜，在地圖上計算著陸地點（他的預測非常精準！），焦急地等待來自吊艇的廣播聲音，帶著鼻音的普羅科菲耶夫從高空發來共產主義問候，他在高空也沒怎麼見到上帝，二十年後尤里．加加林也沒見到，然後，最關鍵的是對測量結果的整理和分析。一月八日，那個決定命運的一月八日，他已經準備好為第十七次代表大會印刷的資料匯總。被捕的時候，那東西就在他身上。只要再將他的兩篇文章重讀一遍就可以全部送去排版。之後，你知道下文的，他寫給瓦爾瓦拉：資料匯總發布了，不過當然沒有我那兩篇文章，是別人寫的。

　　最近這段時間，他在七月裡寫，我在個人工作中有些拖拉，因為除了在圖書館的定期工作，我現在還得管打掃，打掃閱覽室，打掃廁所。那地方很大，清潔工作占用了我所有閒暇時間，所以我都騰不出時間給我的小女兒畫一則謎語。我給她寄一幅漿果小畫，這種漿果是這裡獨有的，我想給她畫一個花和漿果的圖集。幾個月來他畫了杏、越橘、一串葡萄、櫻桃、樹莓、酸果蔓、鵝莓、覆盆子、李子、藍莓、黑醋栗、醋栗、西梅，一整套的水果沙拉，還有兩種我既不識其形也不知其名。他還畫了一個蘑菇系列。謎語都是蹩腳的詩，省去我們費勁尋找法語版的風險：「無門無窗／屋裡擠滿了人」（豆莢）。「兩兄弟，住在路兩旁／卻從未謀面」（眼睛）。還有異體，「兩兄弟，互相守望，卻從不相遇／一個被踩，一個被薰」（地板和天花板）。還有我相當喜歡的這兩則：「鋼的鼻／麻的尾」（針）。和「七十件大衣／可既無鈕釦也無環扣」（高麗菜）。

我們曾經對北方一無所知，他寫道，而極地氣流卻左右著我們的氣候。北方的氣象站網還不存在，儘管困難重重，我還是把它建了起來，包括在西伯利亞大地上。當然，從今往後所有人都閉上了嘴，所有本該屬於我的，所有的榮譽，都將掉到奧托·尤里耶維奇和其他人頭上，但歷史會記起來的。從斯匹茲卑爾根島到楚科奇的惠爾倫，我領導出來的結果都在那裡，顯而易見。被判刑，被遺忘，遭背叛，受侮辱，他有時變得過分驕傲，把所有光榮都往自己身上攬。飛行員勒瓦內夫斯基，美男子一個，人稱「俄羅斯的林德伯格[64]」，正準備一次跨北極飛行，阿列克謝寫的是，如果沒有他抗爭三年換來極地氣象站網絡的建立，這樣的飛行是不可能的（這次飛行未了也沒成功，兩年之後，是瓦萊里・契卡洛夫完成了莫斯科—溫哥華跨北極不著陸飛行）。蘇聯地域上的磁場資料，也是他的功勞。如今，他不再查看從平流層返回的器械，不再指引在羅盤失效的冰凍荒原上飛行的飛機，不再繪製地球磁力線，不再夢見光從風中迸射出來，那他滿足於什麼呢？採蘑菇，採草藥。今天休息，他寫道，我和一位同志出去了。我們採了蘑菇，採集了一些植物小樣，吃了泥炭裡長出來的黑莓……苦澀的一笑。他的朋友、學生尼古拉・祖博夫正隨「薩特闊號」（拉赫曼尼諾夫以這位俄羅斯辛巴達為名創作的同名歌劇，就是一九三四年一月八日晚他本該和瓦爾瓦拉一起去看的那一齣——一年半過去了，那真是另一段時空，另一個世界）破冰船在卡拉海上航行，他要在孤獨島[65]上建一個氣象站。我為他感到高興，阿列克謝寫道。他無疑會努力把我忘記，像施密特那樣，但在靈魂深處他應該會記得我為他所做的一切。我們用遠征行動將北極圍了起來。我做夢都想成為他們中的一員，像祖博夫一樣……孤獨島，實際上，是他所在的那個島。

64 查爾斯・林德伯格（Charles Augustus Lindbergh，1902—1974），美國著名飛行員，於一九二七年駕單引擎飛機從紐約飛至巴黎，成為首位成功完成單人不著陸橫跨大西洋飛行的人。

65 烏耶季涅尼亞島，位於喀拉海中部一個無人居住的小島。

自一九二五年起，他寫道，我就力圖把所有氣象部門整合為統一的氣象局，一九二九年我終於做到了。有朝一日我的世界統一氣象局的計畫也終會實現，我一點也不懷疑。我在這裡做了兩場以「科學服務於日常生活」為主題的講座。我講了分子的連結，最後以掃地的好方式和壞方式為總結。聽者都饒有興趣。我的精神生活非常艱難，因為我連個說話的人都沒有，徹底的孤獨，一切我要經歷的，我只能獨自一人經歷。阿列克謝跟尤里·奇爾科夫看法截然不同，奇爾科夫為以圖書館為中心的這個小知識分子圈的活力著迷。但他是個年輕人，充滿樂觀精神，而范根格安姆是個感到生活遠去、自己已成無用之人的神經衰弱患者。我斷斷續續地繼續學習外語，他寫道，說到孤獨，我忘了講一個小造物：我的小貓。我們互相依戀對方。牠在我肩頭安安靜靜地睡了一覺，剛跳下來。牠守規矩、溫柔又淘氣，牠知道我什麼時候吃飯，便湊上前來撓我的綁腿。有一次門開著，牠出去了，我找了好久，最後牠自己回來了。聽起來可能有些奇怪，但這個灰色的小生物能撫平我的哀傷，即使玩耍的時候牠會弄亂我的紙，或者牠的髒爪會弄髒我的桌子。

這真是徹底的孤獨。我們把蘑菇曬乾了，他寫道：你下次給我寄包裹的時候，記得放把梳子。在這裡，我們得剃光頭，但每次剃頭的間隔，我還是希望能梳梳頭，我自己做的那把齒太疏了。真是不幸，不得不去想這些事情，而不是思考更重要的問題……我穿上了新鞋。我之前擔心不得不穿已經爛掉的舊鞋，但他們給了新的，儘管大了一號半，不過穿上襪子加上綁腿，也還可以。我算是裝備齊全了，如果沒人來偷我的東西的話，這種事在這邊也常有。我們在準備十月的節慶，第二次過這個節，沒有你們，只有令人沮喪的無意義感。我很累。我背上有個大癤子，今天是我第一天能坐到桌前寫東西。我的右手好多了，左手卻開始不好了。到明天，我給史達林的第七封信發出就一個月了。我的信，要嘛就是沒寄到，要嘛就是沒被讀過。我從內心深處擔心沒有人關心真相。

沒有人試圖越獄，或者很少。把大島和大陸隔離的那六十公里是一道幾乎無法逾越的屏障，不管是五月到十一月裏海沒結凍的時候，還是剩下時間裡凍成冰的時候。對岸，有 NKVD 的人在凱姆沿岸巡邏。不過，今年，一九三五年的九月有一例越獄。是剛從「突擊手號」上下來的奇爾科夫說的。電廠的警笛響起，狗帶著追尋者一直跑到岸邊，勞改營的小水上飛機起飛了，如果潛逃者企圖橫跨海灣，那他幾乎沒有不被發現的可能。不過突然，風暴襲來，所有海上搜索不得不中止。一星期後，人們在岸邊一堆被風暴吹斷的樹幹堆中找到了越獄者被壓爛的屍體。他叫帕維爾·波雷查，共青團員，看不下去在烏克蘭的饑荒鬧劇，並斗膽把它寫了出來，結果被流放。他也給史達林發過申訴請求，而且肯定也被讀了，因為他後來被送進了措施嚴厲的禁閉室。

在這裡我是徹底的孤獨，阿列克謝在一九三五年十二月初寫道，有幾個人跟我關係不錯，但沒有人是親密的朋友。在這裡，我是一隻白色的烏鴉。我給維辛斯基發去了申訴請求，我不知道會有什麼結果。這是我第一次向檢察官提出複審。看看這過去的兩年，我也不抱什麼特別的希望了。但我依然堅信，如果我活著，總有一天黨會把一切弄清楚。只是時間問題。我對黨的信任沒有動搖——他在十二月二十四日寫道。然後，一月十八日：我的申請被排在了第一七二六號。一場可怕的風暴襲來，雪花能遮住眼睛。我做了一場關於平流層征服行動的講座，聽眾裡什麼年齡都有，從九歲到高齡的人，他們都聽得很專注。

在這裡，他是一隻白色的烏鴉。他寫：在這裡，我是徹底的孤獨。你說你好久沒有收到我的信，他說，可是我一直都在寫。誰又會去攔截信件呢？散步的時候，他寫道，我對月亮說話，我請她轉達對我親愛的人的問候。她向你們也向我同時投射她的光亮。昨天，我看到了非常美麗的綠色極光。先是像飄動的窗簾一樣在天空中，然後變成線狀和拱形。當我們知道這一切發生在什麼高度，可能是距離地面超過兩百公里的空中，光線又是如此高速的運動，我們會被這一現象的力量所震撼。我在讀南森，他寫道，《冰與夜的國度》。他也曾經與世隔絕，我願意拿任何東西來和他交換角色。挪威人南森在前往北極的路上不得不中途返回，在西伯利亞以北的法蘭士─約瑟夫群島的簡陋庇護所裡過了整個冬天。不管我望向哪裡，阿列克謝．費奧多謝維奇寫道，不管我想什麼，所有一切都那麼灰暗，叫人憂慮，令人絕望，這黑暗中唯一的光明就是你們，我親愛的人。這顆星星照亮道路，讓我在沉重的事實和悲慘的現狀面前不至於失去勇氣。我心中一直抱有希望，有天黑暗會消散，黨會弄清真相。然而，我發給領導人的十五封申訴狀依然石沉大海……也許我寄給維辛斯基的申訴也遭遇相同的命運。我買了海豹脂，他還寫。

昨天，我看到了非常美麗的綠色極光。日子平淡無奇，一天接著一天，每天都被絕望地浪費掉，只是離生命盡頭更近一步，他說。我的申請被排在了第一七二六號……我的北極研究進展緩慢。投入科研工作時，我會稍微忘記其他一切。這輩子我從來沒花過那麼多時間在生活瑣事上，這大概就是所謂的「勞動改造」……顯然，對於國家建設來說，這些雞毛蒜皮的雜事、打掃廁所什麼的，比起解決重大科學課題來得更重要。還有，他寫道，不要試圖分析超出我們理解能力的事。這個灰色的小生物，我的貓，用牠的小髒爪，撫慰著我的悲傷。關於我給史達林同志發的第八封申訴，我得到了答覆：申訴在一九三五年十一月十五日送達中央委員會祕書處。但沒有任何結果。我覺得不會有了，給季米特洛夫寫信也是白寫。說真的，要是有人在一月八日前跟我說起我現在不得不認識到的這些事，我應該會朝他吐口水，告他撒謊造謠。

三月，他寫道，我做了十幾場關於極光的講座。我見過許多次極光，通常是拱形的，但有一次我看到一張綠色的線編成的毯子在空中閃爍，輕輕飄動，彷彿有風吹拂。我讓別人學到東西，但我自己什麼也沒學到，因為缺乏這方面的書。不過，我倒是饒有興趣地讀著一些原子物理的書。我盡可能多到室外去。二十日，我測量了堡壘周圍的雪的厚度，多虧有你給我寄的靴子，我可以像野兔一樣深入雪中，有些地方深至腰際。平均厚度是七十公釐。這個小標記，既透露了范根格安姆的精神形態更傾向數字、精準的測量而不是異想天開（當然環境也不允許），也是他無聊透頂的表現。我開始準備關於六月十九日的日食的講座，他寫道。我正在打造一個大型的太陽系模型。我還記得一九一四年，科學院打算派我到費奧多西亞觀測日全食。我買了一隻行李箱和整套設備，可是臨出發前四天我被徵召入伍，沒去成費奧多西亞，我上了前線。

我為六月十九日的日食做著準備，他寫道，太陽系大模型已經完成，我畫了技術圖解，而且我腦海中有個問題揮之不去：為什麼不能給我的小艾麗婭和你的學生也做一套呢？在某些場所，尤其是普通犯居多的地方，人們都很認真甚至很熱切地聽我的講座。於我這是一個很好的普及練習，練習如何用簡單的方式講解有時候很複雜的事情。我給你寄兩幅為你學生畫的極光圖，他寫道。我在廣播中聽到五月一日紅場閱兵的轉播，感到心痛難當，只好到屋外去，我怕自己會嚎啕大哭。這會兒我在研究愛因斯坦的相對論，一個月之後他寫道，六月的頭幾天，我感覺自己能夠研究這些艱深的問題。愛因斯坦的理論很快也會被看作「猶太法典編撰者的空想」，引證愛因斯坦理論的物理學家們也會被當作外國陰謀分子。瓦西里．格羅斯曼的巨著《生活與命運》講的就是這個，還有其他若想認識二十一世紀就不能不知的事情。在所有信念都沉船遇難的時候，阿列克謝牢牢抓住沒有沉沒的東西，那就是對親人的愛和精神的持久活力：他能夠，他依然能夠去研究相對論。春天被冰雪囚禁了太久，終於滿懷激情地爆發，布穀鳥開始歌唱，島上星星點點的湖和沼澤中有呱呱的青蛙，海鷗回來了，亂叫一陣讓人不得安眠，植物生長速度驚人，越橘、藍莓、酸果蔓在灌木叢裡撒下無數彩色的珍珠。但春天有什麼用呢？沒有夜晚，太陽落下去，擦著北邊的地平線又升上來，把色譜裡所有的顏色都潑在雲裡。不能指望范根格安姆對大自然的壯美做出色彩斑斕的描繪，說來甚至有些匪夷所思，他喜歡畫畫，卻似乎吝於投射目光。要知道白夜的天色是如何的珠光寶氣，不如讀讀同一時期的帕維爾．弗洛連斯基的信：「昨天從堡壘回來的路上，我簡直無法把目光從天空神奇的色彩上挪開：絳紅、紫、丁香、玫紅、橙、金、灰、猩紅、淡藍、藍綠、白，所有的顏色都在細長的紫色雲層上起舞」。「克洛德．洛林的光芒」，他補充，「而且更豐富，色調更多。」一束束光線從雲的周圍迸射而出，打在海面，讓他想起拉斐爾的《以西結的異象》（La Vision d' Ézéchiel）。

在我身上發生的就像《阿依達》最後一幕裡在拉達梅斯身上發生的一樣，阿列克謝寫道，但是沒有阿依達，沒有罪惡感。我們在這裡能聽到歡樂生活和我曾經的寶貴事業的勝利迴響，但這一切都遙不可及。我記得十月革命之後我在城市和鄉村做講座的那些年。我給農民們做了多少場關於蘇維埃政權和社會主義的講座啊！看來也夠多，多到把我送到這兒來了。真是歷史的嘲弄。日食觀察很不順利，他在七月二十日寫道，上午天空被厚厚的雲層覆蓋，我們只透過間或短暫的晴朗看到日食的後半部分。幾天前，我經歷了非常激動的幾分鐘：有人告訴我我得到探視批准了，但是，正如我所擔心，他們把我的名字和另外一個人的名字弄混了。我幾乎肯定他們弄錯了，但還是不由自主地滿懷希望。我申請校正我的材料：他們錯誤地加上了第五十八條第十項。當然，所有指控均子虛烏有，但至少要省去官僚作派的疏忽。我不知道是否能得到滿意的結果。

我腋窩有個大膿腫，他寫道，我不知道出於什麼原因，但膿腫在這裡很普遍，都說是天氣引起的。我不明白，我不能相信別人所言，我絕望地試圖保持對蘇維埃政權和黨的信任。此刻我從廣播中聽到克里姆林宮的鐘敲響午夜的十二下，我聽到紅場上汽車的喇叭聲。而我前天晚上做了一場關於火星生命的講座……我買牛奶、紅蘿蔔和高麗菜。我帳上有九十五盧布。這是我第三次沒有和你們一起過十月的節日了。我得把博物館的一千多平方公尺弄到井井有條，給幾千件展品撣灰。宗教物品，聖像，聖詩集，讚美詩唱本，古老的《聖經》，古舊的史冊手稿，伊凡四世的信件，修道院的一部分珍寶逃脫了貪婪的契卡人和一九二三年的火災，如今保存在由原來的院長小教堂和宅邸改造的「反宗教博物館」中。十月的節日期間，范根格安姆得去做參觀導覽。他們把歷史和藝術的部分交給了我，他寫道，為此我可以得到「第二鍋」，也就是多給八百克麵包的分量。昨天我把囚室的窗縫和牆縫都堵上了，到處都是裂縫。我得在這裡再過上一冬，我看不到黑夜盡頭有亮光閃爍，我還得再過上七個這樣的冬天。這樣的休息，就是我的工作得到的犒賞。

我對蘇維埃政權的信任沒有動搖……你知道嗎？他寫道，我有時候覺得是我對黨和對社會主義建設的忠誠把我帶到現在的地方，我愈是一如既往地忠誠，我就會在這裡待愈久。真是歷史的嘲諷。花楸樹冰凍的漿果拌著糖吃美味至極。我抽時間給艾麗婭畫了隻馴鹿。今天是你的生日，他在十二月十七日寫道，我想給你寄一幅史達林同志的肖像和一個碎石拼接的馬頭。詭異的生日禮物……奇怪的是，每次他完成一幅史達林的肖像後，必然緊接著弄一幅家畜像。再過一星期，他在一九三七年一月一日寫道，就滿三年了……第一年，是篤定，篤定真相會發光，篤定沒有終點、沒有緣由的噩夢會結束。第二年，篤定讓位給了希望。如今第三年過去了，既無篤定也無希望，儘管我沒有拋棄信念，而且依然認為領導人們對我的材料毫不知情。這三年裡，為了不聽憑自己想蘇維埃政權和領導人的壞處，不讓他們成為事情的罪魁禍首，我一直在內心深處抗爭著。第四年會怎麼樣？就我們個人而言，大概不會太快活。第四年還沒過完，這個可憐人就死了，漆黑的夜裡，他和另外一千多人在叢林深處被殺害。

昨天我們慶祝了新年，他接著寫。接近十一點三十分，我洗完了博物館的地板。然後我開始給艾麗什卡畫畫。那是我給你們的禮物，我親愛的人兒。離午夜還有十分鐘的時候，博物館負責人招呼我去他家裡，我們一起喝了杯咖啡，聽了紅場的轉播，我們倆都想，我們的家人此時此刻也在聽一樣的廣播，也許他們會想起我們。然後我們就去睡覺了。我給葉若夫發去了我的訴狀，但也不抱任何希望。求尼古拉・葉若夫！那還不如試著去感動一條鯊魚……這個「血腥侏儒」（他身高不足一百五十公分）接替被他判處槍決的根里克・亞果達成為內務人民委員。一九三七年至一九三八年，正是在他的「統治」之下，「大清洗」掀起高潮，他的名字也從此與之關聯（俄語裡人們稱這一恐怖時期為「葉若夫時期」），相比之下，前些年的鎮壓甚至顯得尋常無奇。這個將史達林的精神錯亂指令付諸實施的奴才最終也被處決，罪有應得，據說他還要求人們給他的主子和施虐人帶話，說他是嘴裡念著主子的名字死去的……我給葉若夫發去了我的訴狀，阿列克謝在一九三七年一月十一日寫道，我不抱任何希望，但我的意識要求我也要試試這條路。

他訝異於自己的名字出現在一九三六年出版的一本關於平流層的書裡頭，在此之前，一九三四年出版的那些書裡，他的名字都已消失。我習慣了，他說，習慣了這一切被忘掉或者被篡改。今年第二次，他在二月裡寫，我感覺這一切不過是個沉重的噩夢。我給葉若夫的信肯定是沒有積極結果的——消極的，目前倒也沒有。你也別做什麼了。儘管荒誕不經，但這些事情就這樣發生，好像有人事先已經決定。我還記得最初幾個月他們拿家庭安全威脅我的時候……如今的折磨已經足夠了。水在屋裡都能結凍，我把牆縫堵了，甚至重新抹了牆。火爐很好用。我的手狀況還不錯，但神經炎還沒好。我可以砍柴，這在以前是做不到的。我得知奧托·尤里耶維奇又得了一枚獎章。我本來有多寄三封信的資格的，現在只剩下兩封了。昨天我發燒了，沒能出門。我在研究索洛韋茨基的修道院經濟。我找到了一尊兩個天使鞭笞一名婦女的聖像。雜物裡有時能發現一些非同尋常的東西。我心裡頭冰涼。他們用了三年的時間，他在四月裡寫，才意識到強加在我身上的第五十八條第十項是個錯誤。我觸犯了五十八條第七項，破壞活動；第五十八第十項，反蘇維埃的宣傳——沒這件事。他們一直都說我觸犯了這兩條，直到前幾天我才得知只有一條。這倒也不會改變什麼，但也夠典型的：要等上三年才知道因為什麼獲刑……

這一切不過是一個漫長的噩夢。你問我給葉若夫的信有什麼下文：當然，什麼也沒有，不出我所料。沒被處分已經不錯。你可以想像我得知「北極一號」的消息時的心情，他在八月裡寫道。「北極一號」是一個漂流考察站，也就是在一小塊浮冰上頭安放一些簡單的設備，隨著浮冰的移動漂流。伊萬·帕帕寧，和施密特一樣的「北極英雄」，在五月裡和三名同伴一起登上北極附近的「北極一號」，然後在接下來的八個月裡隨著浮冰跑了將近三千公里。這次探險的準備工作，阿列克謝寫道，是在我任第二屆國際極地年的蘇聯委員會主席期間完成的。你的物質狀況讓我很擔心，他在九月十九日寫道，你能掙多少錢？無能為力的感覺太叫人難受了……你不用每個月都給我寄錢，要不，只寄一盧布而別寄到三盧布。我現在帳上有兩百六十盧布，夠我花兩年了。我不會放過每次可以給你寫信的機會。如果有一陣子你收不到我的信，別擔心，這絕不代表我遭遇了什麼。我每月給你寫兩封信，我也能收到你的信。我試著用哲學的眼光看待一切，可惜我的神經總是不允許。而且意志上我是個不妥協的人，這是另外一個讓我受苦的缺點。如果我不是這麼頑固不讓步，事情可能會容易許多，但我不想妥協。我相信歷史會為我平反……

我親愛的女兒，他在九月底寫信給艾萊奧諾拉，我將有一段時間不能給你寄我的畫了，但我希望你可以把你的畫寄給我。這一天，他是否知道自己將被送往大陸？也許，那又為什麼還讓女兒繼續給他寄畫呢？他是否認為隸屬於索洛韋茨基監獄的白波運河勞動營的管理層會把信轉給他？你收到第二隻藍狐狸了嗎？他問。你收到灰雀和瓦拉庫茶的窩了嗎？瓦拉庫茶是一種背呈藍色、腹部呈橙褐色的鳥，酷似山雀。你現在在做什麼呢？你的音樂課上得怎麼樣？我的小貓一直很乖，我們是好朋友。這是他寫的最後一封信。據尤里．奇爾科夫回憶，十月底，索洛韋茨基堡壘張貼出一張長長的名單，將近一千兩百個名字，有兩個小時的時間留給他們收拾那點微薄的行李並和朋友告別。然後列隊，四人一行，穿過聖門，去往碼頭。奇爾科夫路過，認出了幾個和他相熟的人，編寫百科全書的主教帕維爾．弗洛連斯基，前圖書館負責人格里高利．科特利亞雷夫斯基，教他德文的皮奧特．伊萬諾維奇．威格爾朝他丟來兩句歌德《浮士德》裡的詩做告別語：「Auf, bade, Schüler, unverdrossen / Die irdische Brust im Morgenrot」（學生，把你大地的胸膛浸入黎明中），還有「萬根海姆身穿黑色大衣，頭戴海獅皮帽。他們認出我來，朝我點頭示意（手都忙著拿行李）」。隊伍登上船，奔凱姆而去。灰色的天空壓得很低。從此不再有消息。得等到六十年後，紀念協會[66]執拗的調查員們才會揭開這支隊伍的故事和此行的目的地。

隊伍離開若干天之後，十一月九日，奇爾科夫很莎士比亞地記錄了天空中出現的一次罕見的極光，不是尋常的綠色光毯，而是絳紅色的拱形弧線在夜空舞動著。「好幾個人將此現象看作可怕的徵兆」。

66 創建於上世紀八〇年代，旨在清點、記錄、援助史達林的受害者的組織。

第三部

1

一九三七年十月底，一千一百一十六名犯人上船前往凱姆，從那一刻起六十年，無人知曉他們的下落。那是一個陰沉的秋日，奇爾科夫說，船漸行漸遠，尾流在灰色水面上，淡去，有好一會兒還能看見船朝西走，是凱姆的方向，船煙混入低低的灰雲中，然後連煙也看不見了，什麼都看不見了（應該有好幾艘船或者來回運了好幾趟，我疑心「突擊者號」裝得再滿也裝不下一千多號人）。這一千一百一十六個人和這縷煙一起消失在如今稱為「大恐怖」的血腥夜色裡。能想像嗎？沒完沒了的等待，一等就是幾十年？瓦爾瓦拉——阿列克謝·費奧多謝維奇的妻子——再也收不到信了。他跟她說過不要擔心，如果有段時間她沒有他的消息，那也不意味著他遭遇不測。所以，有那麼一陣子，她努力不去擔心。然後，一個月一個月過去，沉寂依舊，她開始打聽消息，徒勞，她四處碰壁。一九三九年，她給代替葉若夫任內務人民委員會頭目的貝利亞發去懇求書：「我所有的請求都沒有回音。我懇求您讓我知道我的丈夫目前身在何方。」六月二十八日，她致信維辛斯基為首的蘇聯檢察院，總算得到答覆，阿列克謝・費奧多謝維奇還活著，一九三七年他的材料重審，他再次獲刑十年，剝奪通信權，轉至一處偏遠的勞改營，名字無可奉告。

十年，無權通信，如今我們知道這意味著：死亡。但當時人們並不知道，或者說，死亡無處不在——「死亡之星懸在我們頭頂」，阿赫瑪托娃在《安魂曲》中寫道。它可以隱藏在這樣一種說法背後，也可以是任何一句話，任何一張面孔。但我們大概不能想像蘇維埃政府在極端殘忍之上又添加了可恥的謊言，而且這個吞噬了成千上萬生命的摩洛[67]還表現得像個被抓包的小孩，不能想像那些殺人如麻者還擔心自己的罪行為人所知。也不能想像瓦爾瓦拉・伊萬諾夫娜還沒喪失希望。十年，杳無音訊的十年，漫長得叫人無法承受，但有天她也許還能見到她的丈夫。世界大戰爆發，蘇聯先是站在德國一邊扮演捕食者的角色，德國隨後在一九四一年入侵蘇聯領土一直攻打到莫斯科城門下。瓦爾瓦拉撤到了烏拉山一帶的馬格尼托哥爾斯克，她把丈夫的家當衣物也帶著，以備他有朝一日歸來。戰爭結束，瓦爾瓦拉因在一次空襲中冷靜地保護了她的學校而獲得動章，她甚至在一九四九年被授予了列寧勳章。也許，像許多普通的蘇維埃公民一樣，她也曾想，在這場被稱為「偉大的衛國戰爭」中付出的可怕犧牲、人民戰士的英勇、人民的英勇、列寧格勒圍城戰中死去的百萬平民，應該可以為人民換來一點自由，畢竟一切皆以人民的名義而為而立，一點自由，總之是一點簡單的喜悅，比如，某位父親與女兒的重逢。一九四四年春，這位父親的家當和衣物又從馬格尼托哥爾斯克被運回莫斯科，一直等著他。他的女兒如今已經十五歲，為方便她繼續上學，人們建議她換掉父親的姓改隨母姓庫爾顧佐娃，但她拒絕了。如果瓦爾瓦拉·伊萬諾夫娜這麼想（我們知道她是有可能這麼想的，我們也知道「無通信權的十年」意味著什麼），那她就大錯特錯了。史達林格勒決定性戰役的威望，攻占柏林，二戰勝利，在雅爾達與羅斯福和邱吉爾瓜分世界，沉浸在光環中的史達林沒有半點要表現得寬厚些的意思，那將嚴重違背他的本性，他還有那麼多的帳要算，跟間諜，跟叛徒，跟破壞分子、反社會分子、舊戰犯、國

67《聖經》裡記載的一位上古近東神明名號，亞捫人所信靠的神。當代歐美語境中，摩洛也有特定的引申義，指需要極大犧牲的人物或事業。

籍可疑分子（尤其是猶太人）、相信英特納雄耐爾一定會實現的人們[68]……為什麼不呢？反正他要風得風，要雨得雨……

只不過，他終究是死了，在一九五三年三月五日。「他死了，偉大的神，二十世紀的偶像……」，瓦西里．格羅斯曼在《一切都在流動》中諷刺道。他寫了工廠裡、大街上、學校裡歇斯底里的哭聲，但也描繪了各個營中成千上萬勞改犯的歡騰，冰洋邊的極夜裡，行走的犯人佇列中，交頭接耳聲愈來愈高：「他掛了！」如果阿列克謝能活到這一天，如果他真的在一九三七年又被判了十年勞改，而且倖存下來（加上第一次的刑量，他會在一九五四年刑滿），他是否也會面露喜色地跟他旁邊的人悄悄說，「他掛了？」不一定。他是否會繼續絕望而瘋狂地保持對黨、對蘇維埃政權的信任，繼續相信史達林對他統治之下所發生的那些聞所未聞的遭遇毫不知情？也不一定，總之我們可以希望不會。但是這裡，有件叫人困惑甚至震驚的事不得不提：一九三七年九月，在他寄給妻子的最後一個郵包中，他夾了一幅小小的史達林碎石肖像。在聖彼得堡的紀念協會那裡，我曾經把這幅畫像拿在手裡，大概十五公釐高、十二公釐寬，赭石色的底，人民偶像占據了四分之三，灰色上衣的鈕釦一直扣到脖子處，頭髮濃密，蓄著蘇丹親兵般的鬍子。聖彼得堡主持紀念協會工作的伊麗娜・弗里格告訴我，這是女兒艾萊奧諾拉在世時贈與我們的唯一一件物品。她無法忍受在父親寄的最後一個郵包中竟有這樣一個東西，和藍狐狸、灰雀及小貓一起。

阿列克謝・費奧多謝維奇為什麼寄了這個郵包？他的理由我不知道，沒人能知道。他是否依然信任沒有回他任何一封信的史達林？這三年裡，他在一九三六年十二月寫道，為了不聽憑自己想蘇維埃政權和領導人的壞處，不讓他們成為事情的罪魁禍首，我一直在內心深處抗爭著。第四年會怎麼樣？我們能感覺到他的信念在動搖，他的信仰殘留物已經變成某種抗抑鬱劑之類的藥物，他每天必須按時服用才不致崩潰。那麼，他寄這幅肖像，是否因為他已預感到等待他的命運——你將有一段時間收不到我的信，他對妻女如此說——而這是他為保護家庭所能做的最後一件事：表明他是個好共產黨員，perinde ac cadaver[69]？儘管「荒誕不經」，他在一九三七年二月寫道，但這些事情就這

68 此句為〈國際歌〉歌詞。「英特納雄耐爾」為國際歌（L'Internationale）的音譯，該曲闡述共產國際的解放理想，被列寧指定為蘇維埃社會主義共和國聯邦的國歌。

樣發生，好像有人已經事先決定。我還記得頭幾個月，當他們拿家庭威脅我的時候，也就是人們以迫害他的妻子和女兒——他的「小星星」——來要脅他。這份恐懼可以解釋他為何揚著他對黨的忠誠旗頻頻抗議，要知道他所有的信件都必經審查部門之手，所有他寫的東西都有可能成為一份對他不利的新材料，在他刑滿之時再次阻攔到來的自由，更不利於這個女人和這個小姑娘，他黑夜裡唯一的光明。不管我望向哪裡，他在一九三六年二月寫道，不管我想什麼，所有一切都那麼灰暗，叫人憂慮，令人絕望，這黑暗中唯一的光明就是你們，我親愛的人。對家庭遭迫害的擔憂完全不是杞人憂天：根據NKVD「第〇〇四八六號行動指令」，一九三七至一九三八年間，四萬「配偶和伴侶」被逮捕、流放（規定指出對於揭發丈夫的配偶應予以赦免），她們的孩子被送往國立的孤兒院。所以，有可能，或者很有可能，他是抱著讓政治員警的魔爪繞過人民公敵的妻子和女兒（瓦爾瓦拉及艾萊奧諾拉）的脆弱希望，才寄了這一幅他親手製作的獨裁者的肖像，期待它不定可以像舊時的聖像一樣護佑她們。

「沒有任何計畫預設，沒有任何領導機關下達指令」，瓦西里．格羅斯曼在《一切都在流動》中寫道，「史達林死了。史達林在沒有史達林同志親自下令的情況下，死了。這份自由，死亡一時的心血來潮，有著某種與國家最祕密的實質背道而馳的達納馬特[70]」。「這份突然到來的自由」，他還說，「像一九四一年六月的那次突然襲擊一樣，讓整個國家戰慄」。獨裁者之死於領導機關有如地震或騷亂，後果之一，便是判決覆核和受害者平反程式的啟動。一九五六年四月二十九日，軍事法官、副總檢察長E．瓦爾斯卡婭向蘇聯最高法院軍事法庭提出上訴。裡頭說了，范根格安姆所獲刑罰，包括歐格別烏審判庭在一九三四年三月二十七日判的十年勞改和列寧格勒地區內務人民委員會的「三套車」（由來自當地內務人民委員會、檢察院和黨的三名代表組成的特別司法機構，有權在被告未到場的情況下快速審理案件並宣判一切刑罰）判的死刑，均不能核准，應予以廢除。聲稱范根格安姆曾領導某反革命破壞組織的證詞不能成立，少將（這是其軍銜）提出理由，因為倖存的證人已經撤回前言。某些證詞很可能是嚴刑逼供所得。范根格安姆本人在預審最初承認了他在反革命組織中的領導地位，但隨即又翻了

69 俄文的拉丁語寫法，意為「像死屍一樣」。
70 炸藥（dynamite）的音譯。

供。在蘇聯內務部和克格勃內部檔案中的核查工作未能發現任何與間諜活動有關的內容；相反，檔案證實了一九一七年被告曾因參與革命運動而遭打壓。以此為據，副總檢察長要求廢止歐格別烏和「三套車」分別在一九三四年三月和一九三七年十月所做的決定，撤銷訴訟。

那是一九五六年四月二十九日。離赫魯雪夫在第二十次代表大會的閉門會議上發表他著名的揭露史達林「個人崇拜」和罪行（不過也不是所有罪行，還差得遠；不包括對大眾犯下的罪；也不包括他赫魯雪夫也犯了錯誤的罪）的「祕密報告」過去兩個月。瓦爾瓦拉終於得知二十二年前被捕的她的丈夫，十九年來杳無音訊的她的丈夫，並沒有在一九三七年被加判十年勞改剝奪通信權，而是如同我們說的那樣，被判了死刑。四月的這一天是第一個她不再等他歸來的日子。她保存在道庫洽耶夫街七號家中的他的衣物，她從莫斯科帶到了馬格尼托哥爾斯克，又在德國人遠離首都之後帶了回來，從此再也派不上用場。大事件接二連三，世界大戰爆發，而他已經死了。納粹德國被打敗，俄羅斯帝國在歐洲的東邊擴張，他已經死了很久。人民之父死了，她手中還有一幅他的肖像，赭、灰、棕三色碎石拼成，而他，阿列克謝，死去已經有十六年，她不僅對他的死毫不知情，也不知道他死在什麼地方，且永遠不會知道：蘇維埃有承認自己犯下的錯誤的胸懷，可以在人死之後取消死刑判決，卻不能披露它犯罪（犯「錯」）的地點。在她得知他被判了死刑的同時，官方也承認了他的清白。正如他先是堅信後來又懷著愈來愈微弱的希冀所期望的那樣，真相終究發了光——但他已經不在這裡迎接這次精神解放。她得知他被判了死刑，但蘇聯檢察院要求撤銷判決……果然，一九五六年八月十日，蘇聯最高法院軍事審判庭主席、上校法官P．利卡切夫簽署了平反決議：「歐格別烏司法團於一九三四年三月二十七日和列寧格勒地區內務人民委員會特別三人組於一九三七年十月九日分別做出的關於范根格安姆．阿列克謝．費奧多謝維奇的決定均予以撤銷。本案缺乏犯罪事實，就此結案。特此為范根格安姆．阿列克謝．費奧多謝維奇恢復名譽。」

死亡被取消。事情了結。但還沒完。蘇維埃沒有憑空發明死而復生，卻創造了另外一個巨大的謎團，重複死亡。要把這齣陰險鬧劇的戲碼演全，得等到一年後，一九五七年四月二十六日，另外一個行政機構——列寧格勒市古比雪夫區民政處給瓦爾瓦拉．伊萬諾夫娜發來一份「死亡證明」，寫著范根格安姆．阿列克謝．費奧多謝維奇因腹膜炎於一九四二年八月十七日去世。「死亡地點」、「市，區」、「州，共和國」這幾欄上只有紫色鋼筆劃過的一道。就這樣，遲來的半真半假的證明和謊言攪和起來，原本在一九三七年十月底和一千一百一十五人一起被送往凱姆後又輾轉至未知地點的勞改犯范根格安姆，在二十年後，不僅得到了新鮮出爐的清白，還收穫了兩次死亡，分別在不同的時間，地點也不同，卻一樣無可奉告。

2

一九三七年七月三十日，內務人民委員、「血腥侏儒」尼古拉・葉若夫簽發了NKVD第〇〇四四七號行動指令，引發了持續十六個月的政治暴力高潮，史稱「大恐怖」。相比之下之前實行的恐怖，作為日常制度，甚至可被認為是正常的了。在「葉若夫時期」這可怕的十六個月期間，大約有七十五萬人被槍斃（一九三七年的後五個月中平均每天執行了一千六百次槍決），還有同樣多的人被送往各種勞改營。七十五萬，是一戰法國陣亡軍人數量的一半，但是集中在不到一半的時間裡。七十五萬不是一個大致估計，而是紀念協會的研究者們基於NKVD第八處（「財務—統計」處）自己蒐集的資料，並考慮到那些計畫之外的、未被統計的行刑個例略有添加而得出的。這個駭人的數字還不包括眾多「自然」死亡的情況，這一期間在古拉格各營中餓死的、凍死的、累死的，都沒算在內。

第〇〇四四七號行動指令將矛頭對準了「前富農、社會危害分子、反蘇維埃黨派成員、前白軍、邪教成員、教士、犯罪分子和其他反蘇維埃分子」，即大量各種各樣的人（宗教人士、孟什維克、社會主義—革命人士、雞鳴狗盜者，還有契訶夫筆下的「byvchie」，也就是「過去的人」，這一範疇把詩人和地主也囊括其中）。實際上，任何人都是目標，任由國家安全員警隨意擺布。為了「無情地毀滅」所有這些害蟲，將其「一次性徹底」終結，每個州或共和國都必須按要求完成定額刑罰。刑量分為「一等」（死刑）和「二等」（送勞改營，往往一送就是十年）。就這樣，第〇〇四四七號指令要求莫斯科及整個州完成五千起「一等」刑和三萬起「二等」刑（這些數目還是赫魯雪夫提出來的），列寧格勒州則分到了四千起「一等」和一萬起「二等」。第〇〇四四七號指令非常周全，沒有遺漏任何一個州，有些州必須收穫大量死屍，有些州配給額則少得可憐（亞速—黑海州有五千配額，卡爾梅克或科米[71]就只有一百，這顯然不可避免地會引發嫉妒），也沒有放過任何細節（比如 VI.2 條的詳細說明：「一等刑行刑地點與時間由州或共和國 NKVD 負責人確定。地點與時間都應絕對保密」）。總量相加超過七萬五千起。

這一次，計畫將超標完成，依據第〇〇四四七號指令被判處「一等刑」的人數比原定翻了四翻。事實是，為了更好地「根除」、「消滅」、「肅清」、「殲滅」，各地NKVD的負責人都要求增加分派給他的死刑配額，而史達林當然也不會不鼓勵他的鷹犬之間喪心病狂的競爭，提交至他眼前的請求總能得到紅色鋼筆簽下的大大的「同意」字樣——而且是被認真批閱過的。公共壕溝不僅得滿足〇〇四四七號指令的死刑犯的需要，還得面對其他「全國行動」如死神的彈藥手般送來的源源不斷的屍首，這些行動針對各國僑民，德國、波蘭、拉脫維亞、愛沙尼亞、希臘、羅馬尼亞、朝鮮。曾經參與在滿洲建設哈爾濱鐵路的蘇維埃公民，他們被懷疑是日本間諜。最後是所有移民，甚至政治避難者和外國共產黨黨員也不能倖免。第〇〇六九三號行動指令，第一點：「我命令立即逮捕所有移民並對其進行全面深入的審問，無論其因何種原因和形勢來到蘇聯境內」。每個州的NKVD——檢察院—黨之「三套車」，臨時組合的官僚殺人委員會，負責判刑的流水作業，往往每天判個幾百起，立時執行。

71 卡爾梅克或科米均為俄羅斯聯邦的共和國。

勞改犯范根格安姆就是在毫不知情的情況下倒在了這台瘋狂碾人機器的砂輪之下，正當他一邊服著他的十年勞改徒刑一邊夢想著——儘管希望愈來愈少——有天人們會還他以公正，想像著不管怎樣一九四四年他就會被釋放。這就是程式的各個步驟，正如我們今天可以重現的那樣，如何在經過強制命令、備忘錄、筆錄、各種有用沒用的文件、簽名、蓋章之後，換來洞穿後腦勺的一顆子彈。第〇〇四四七號指令給 NKVD 的勞改營「預留」的死刑數是一萬人。一九三七年八月十六日，葉若夫跟列寧格勒州的 NKVD 負責人薩科夫斯基明確指出，在這個總數裡，「分給你們索洛韋茨基勞改營的配額是一千兩百」（這一原始配額將被擴展至超過一千八百）。索洛維茨基的指揮官阿培德少校於是列出了他的名單，並且按照指示為上面的每個名字建了一份精簡至摘要的「檔案」——身分，所服刑役。他把名單寄給在列寧格勒的特別三人組，幾乎所有死刑都由他們來定奪。整個過程「既無附加預審，也沒有新的指控」，正如副總檢察長在一九五六年要求平反的上訴書中所說的那樣。當然，被告也未被告知，他的材料和刑量也未經覆核。葉若夫的副手（未來同上刑場的夥伴）米哈伊爾·弗利諾夫斯基在一份給所有州 NKVD 負責人的備忘錄中特別強調這一點：「切勿告知一等刑獲刑者其所獲刑量。

我重複：切勿告知。」於是，一九三七年十月九日，列寧格勒州 NKVD 特別三人組，成員包括主席里奧尼德・薩科夫斯基、副手佛拉迪米爾・加林和檢察官伯里斯・柏增，「經過對第一二〇號材料的審閱，范根格安姆・阿列克謝・費奧多謝維奇，俄羅斯人，蘇維埃公民，一八八一年出生於烏克蘭蘇維埃社會主義共和國切爾尼戈夫省克拉皮付諾村，貴族、地主之後，受過高等教育，教授，最後工作地點：蘇聯水文氣象局，布爾什維克共產黨前黨員，沙皇軍隊前軍官，一九三四年三月二十七日歐格別烏司法團裁定判處其十年勞動改造，現決定：執行槍決」。

剩下的，就是由阿培德少校把索洛韋茨基的囚犯們集中起來送到行刑者手中了。操控如此大規模的死刑犯給 NKVD 的人帶來不少物流上的問題，我們也得換位思考一下；於是這一千八百二十五名被「三套車」判處「槍決」的犯人被分為三組：一組兩百人，基本上將在索洛韋茨被解決，另一組五百零九人將送到列寧格勒州某地行刑，第三組共一千一百一十六人，其中便包括范根格安姆。這就是一九三七年十月灰濛濛的那一天裡尤里・奇爾科夫眼看著離開的那支隊伍。NKVD 的米哈伊爾・馬特維耶夫上尉的任務是在凱姆接收這些犯人。您必須「按照親手收到的指示來執行處決」，由 NKVD

一等特派員薩科夫斯基和國家安全辦公室三處指揮員葉果若夫中尉簽字的指令中規定。「返回後彙報情況」。怎樣的指示？為這支隊伍安排的是怎樣一個叫人毛骨悚然的終點？我們可以看到，第〇〇四四七號指令要求劊子手們對行刑「地點與時間都應絕對保密」。關於索洛韋茨基這一隊人命運的祕密完好地保持了六十年，直到一九九七年。一九七七年瓦爾瓦拉·伊萬諾夫娜死的時候依然對丈夫死於何時何地何種狀況一無所知。也許這樣更好吧。好在有了紀念協會若干名勇士不屈不撓的努力，我們今天才得以知曉氣象學家和他的難友們的命運到底如何收場。

3

行刑地點以及當時狀況經過三個人展開漫長調查，最終真相大白。接下來的故事便是由這三人之中的兩位向我講述的：伊麗娜．弗里格和尤里．德米特里耶夫——第三位，維尼亞民．約非已經去世。不過在進入他們的敘述前，我覺得有必要說清楚一點：劊子手們辦事細緻入微，對祕密有執念，卻也有文件收藏癖，手腳俐落，但也喜歡事事存檔；要瞭解他們的行動（此處意為殺人，大規模殺人）方式，在我看來似乎也必須細緻入微、對文件執迷到一定程度才行。在掌握了資訊的條件下，要寫明時間、級別、罪名下方有誰的簽名。也許有些繁冗。要明明白白記下他們的語言、他們用什麼樣的詞彙來形容他們為之效勞的大型犯罪工廠。不是看到死亡被稱為「一等刑」並被定額量化無動於衷，而是必須細緻入微不畏瑣碎，因為只有這樣不忽略細節，我們才能認識到這座大型殺人工廠同時也是一個吹毛求疵的官僚機構，另一方面也是因為這些名字、級別、檔案、所有這些「細節」都是由像伊麗娜或尤里這樣的研究者、鬥士、或研究者兼鬥士從祕密手中搶來的，因為殺人者希望自己的祕密被永久封存。那是不亞於戰爭的爭奪。

伊麗娜・弗里格是紀念協會聖彼得堡負責人。瘦削、富有活力和熱情，只有抽菸的功夫才會撂下電話（也能出色地同時進行這兩件事），她身上散發著一種毫無私心的熱情，鬥士形象之美有時便來自這樣的熱情，儘管時至今日鬥士的形象已經大大貶值。她的領地，協會辦公室，是魯賓斯坦路一處院落盡頭的一套迷宮般的公寓，四壁貼滿海報，一疊疊冊子、報告、印著被遺忘的茶杯或咖啡杯漬的各種材料塞滿壁架，還有打過祕密出版物的老舊打字機，這間辦公室讓我想起我以前出入過的某些政治場所，相比之下在那裡人們辦的事可不那麼光明正大。「通過安東尼娜・索齊娜的一個朋友（安東尼娜，本書開頭提到的那位擅長製作果醬的老太太，我就是在她家中發現了阿列克謝・費奧多謝維奇寄給他女兒的畫和植物圖集）」，她講述著，「安東尼娜的一位朋友接觸到了阿爾漢格爾斯克克格勃的檔案，因為他，我們知道了列寧格勒州三套車曾在一九三七年十月宣布了一千八百二十五起死刑判決，但這就是我們所知的一切，接下來發生的，我們一無所知，犯人們就跟人間蒸發了一樣。九〇年代初，有那麼一百多個人，都是這些失蹤者的後人，想方設法捅破這個謎團。最活躍的那些跑去搞ＦＳＢ（聯邦安全局，克格勃後繼組織，而克格勃的前身即為NKVD，內務人民委員會），沒那麼活躍的那些就跑來找我們。每年六月，我們都會到索洛韋茨基聚集紀念。我們一起坐火車，坐船，睡同一個宿舍。有一種集體的能量。我們感覺會有結果的——的確有了結果」。

「一開始，行刑地就在索洛韋茨基的假設看似最合乎邏輯。但是一九九〇年六月，奇爾科夫的遺孀帶來一份她丈夫非公開的手稿」（尤里·奇爾科夫，得等到史達林死後才終於被釋，在完成了回憶錄後卒於一九八八年；有意思的是，他和范根格安姆一樣成了氣象學家，是莫斯科提米爾亞澤夫農學院氣象學和氣候學教授），「我們發現他提到了十月出發前往凱姆的這支隊伍。這和在島上找到的一些印跡恰恰吻合，這些印跡似乎都指向十月十七日的一次大規模出發，比如某個木窗台上刻的這行字：『列寧格勒的一八〇，被控進行托洛斯基派反革命活動，被監禁於此地，12.11.36至17.10.37。』或者刻在安澤爾島某面牆上的這一條：『205KRTD（托洛斯基派反革命活動）於17.10.37去往未知。』這也符合維尼亞民·約非的直覺，他本人也曾是勞改犯，他認為如此大規模的行刑不可能在島上發生，因為島上空間太封閉，紙終究會包不住火」。

「搜索便往可能的地點開展，凱姆、阿爾漢格爾斯克，徒勞。不過憑著蛛絲馬跡，我們在朝真相靠近。所有人都參與，錯誤路線很快被識別、棄用。莫斯科紀念協會成員謝爾蓋・克里文科成功從聯邦安全局的聖彼得堡安全管理局那裡拿到了阿培德少校將犯人交給馬特維耶夫上尉時的『隨同筆記』。除了提到獎勵，聖彼得堡那裡關於這個馬特維耶夫沒有任何別的紀錄，他由於出色高效地執行了一次大規模的行刑任務——很可能就是我們找的這支隊伍——得到了一隻金錶作為犒賞。但是差不多在同一時期（一九九六年），盧金，一位前克格勃上校，出版了一部為自己辯白的書，其中提到馬特維耶夫曾透露，這次圓滿行動的大本營，他設在了卡累利阿的梅德韋日耶戈爾斯克」。

梅德韋日耶戈爾斯克——「熊山」——是為白海運河挖掘工程而存在的集中營群的「首府」，如果這個詞可以用在這裡的話。鑒於被流放至此的 bitchs—「前知識分子」——數量如此之多，所以這裡也是（用他們中某人的話說）「三〇年代俄羅斯知識界的首都」。今天的梅德韋日耶戈爾斯克是一座你未必想久留的小市鎮。從市里出來，沿路是高高的木柵欄、瞭望台和古拉格遺跡「區」的鐵絲網。市中心，捷爾任斯基路上有一座牆體斑駁、窗戶破碎的門面。一九三三年，史達林前來為以他本人名字命名的運河的啟用剪綵，為了接待他，當地專門建了一座大酒店。如今，當年的酒店除了這座高聳的門面，裡頭變成了市場和小博物館。正前方是一尊基洛夫的雕像和一輛 T-34 坦克，紀念從德國和芬蘭的占領中解放。幾架生鏽的吊車，一堆堆煤和原木：那是奧涅加湖的碼頭。這一切（加上沾滿泥巴的拉達和日古利汽車在坑坑窪窪的道路上顛簸搖晃，還有鍋爐房細高的煙囪以及各種排氣管道），這幅畫面，簡直太蘇維埃了。梅德韋日耶戈爾斯克也有好看的東西，那便是木建築的火車站，像座鐵道上的鄉間別墅，建於一九一六年，就在通往摩爾曼斯克的路線上，奇蹟般地從三場戰爭中倖存下來，一戰、二戰，還有內戰。它見識過無數奴隸隊伍來往，許多陰魂仍在月台上遊蕩。所以梅德韋日耶戈爾斯克，伊麗娜解釋道，就是搜尋的重點。

不過，恰恰就是在梅德韋日耶戈爾斯克，距此若干年前，前軍中上校伊萬・楚金當上了國家杜馬議員，同時也是紀念協會活動分子的他，在對運河建設史進行調查的過程中無意發現了一九三九年一起案件的檔案，被告人是當地勞改營的兩名指揮官，亞歷山大・崇蒂奇和伊萬・本達連科，以及馬特維耶夫上尉。（看著多麼遙遠啊，九〇年代，那時候，克格勃／國家安全局的檔案可以查看，紀念協會的成員還能進入國家杜馬……）一九九六年，楚金在一場車禍中喪生，但從聖彼得堡來的伊利娜．弗里格和維尼亞民．約非發現了他的調查材料，同時也認識了他曾經的副手尤里．德米特里耶夫。崇蒂奇、本達連科和馬特維耶夫被指控在一次大規模行刑行動中「濫用權力」，更確切說，就是針對索洛韋茨基的大隊人馬的那一次。一九三九年，正是史達林聲稱突然發現大清洗過了頭並打算重建「社會公平」的時候，他於是找了幾個背黑鍋的，葉若夫便是最早倒下的那個。這三個被指控濫用權力的混球並非被指責冷血地處決了一千多人，他們甚至還因此受到嘉獎，他們被指責的是沒有按規矩辦事，對待他們正在往屠宰場領的那幫人有點過於粗暴。崇蒂奇和本達連科試圖把責任推到馬特維耶夫身上。沒用，他們倆雙雙被判了死刑並槍決，而馬特維耶夫只判了十年，而且不到三年他就脫身了。

現在該介紹米哈伊爾．馬特維耶夫了。NKVD的行刑者，在獨裁者的政治員警隊伍中平步青雲的瘋子之一，和他一模一樣卑鄙無恥的類型，我們可以在蓋世太保或智利、阿根廷等軍政府匪幫，或離我們更近一點的黎波里或大馬士革暴徒中找到。他從來不把殺人的光榮任務託付他人，也從來不對鮮血起任何厭煩之心，阿列克謝．費奧多謝維奇．范根格安姆就死在他手中。當你知道某個人是個劊子手的時候，大概會輕易覺得他長得一臉壞相，但他臉上真的有些顯而易見的卑鄙——下垂的雙頰和嘴、粗壯的脖子、尖鼻頭——那是攝於一九三九年的身分照片上的樣子。他生於一八九二年，只念了兩年小學就去「火山」工廠當了助理鎖匠，但那並非他的天命所在，他的手指等待的可不是鎖門。內戰中，他參加了冬宮占領行動（完全不是愛森斯坦在電影[72]中重現的英雄事件），但是，通過行刑者這樣一個頗有前途的崗位，他在一九一八年加入政治員警隊伍。他在工作中揮灑熱情（他可不是「破壞分子」），也因此得到不少獎勵，勃朗寧、瓦爾特（各種以手槍命名的勳章），金錶若干，Radiola 牌收音機。它們寵壞了這個劊子手。他於是在凱姆接收了索洛韋茨基來的這支一千一百一十六人的犯人大隊伍——到達時只剩一千一百一十一人，有一個死在了路上，另外四個因預審原因被召回。他把他們裝上運牲口的火車送往梅德韋日耶戈爾斯克，分了好幾批，當地的「禁閉室」最多只能裝三百人。

一九三九年，面對審問，馬特維耶夫的回答相當冰冷。十月二十七日，第一「撥」

72 指愛森斯坦的電影《十月：震撼世界的十天》。

槍決執行過程中，有一名犯人成功地藏了一把刀，企圖越獄。為了避免差池，他設計了一條龍程式。在梅德韋日耶戈爾斯克，犯人經過第一間木屋，驗明正身後，以體檢為由要求其脫衣，然後，他們魚貫進入第二間木屋，雙手被捆綁，腳上套腳鐐，最後，第三間木屋，如果有人膽敢抵抗，為此行動特別炮製的棍棒就會落到他們頭上，接著被丟到卡車上。二十到二十五人一車，蓋上篷布，看守坐鎮上方。馬特維耶夫對工作條件不甚滿意，每輛卡車他只能部署三到四名看守，而標準配置是八名看守加一條狗。他要求配備更多卡車，人們沒給他卡車卻給了他輪胎。行刑地點在「森林中」，沒有更多詳情——梅德韋日耶戈爾斯克周邊幾乎只有森林。人們挖出許多寬溝，把犯人趕進去，讓他們臉朝地，再朝後腦勺來一槍。不是「人們」，而是他馬特維耶夫本人。當被問及是否看到他的人毆打犯人，他回答說的確有發生，但他沒能看見，因為他在下面，拿著他的納甘手槍，在坑裡。時不時，當他累了想放鬆片刻抽根菸的時候，他便上來，把工作交給他的副手阿拉菲爾中尉，但總體上來講，一條龍程式的終端是他，腳上靴子沾滿腦漿踩在血泥中的是他。每天，或者更恰當地說是每夜（因為這些事情發生在夜裡），一九三七年十月二十七日，再從十一月一日至四日（中間間隔的四天用來把防越獄程式布置到位），他送走了兩百到兩百五十名反革命。而且他還得在每張行刑證明上簽字。總之，他兢兢業業、勤勤懇懇地工作，他的金錶不是偷來的。

4

一九九七年春天，伊麗娜・弗里格總結道，我們知道有一千一百一十一人被槍決，行刑地就在梅德韋日耶戈爾斯克周邊的森林裡，我們甚至知道亂葬坑距離當地禁閉室大概有十九公里，因為在一九三九年的審訊材料中，馬特維耶夫提到了這個數字，抱怨路況以顯示他的「工作」難度。出梅德韋日耶戈爾斯克沒有九九八十一條道，而且不管怎樣，我們知道我們感興趣的是東邊通往波維涅和運河第七、第八道閘的那條，因為有輛卡車的確就因為路面的糟糕狀況和本身的破舊不堪壞在半路，馬特維耶夫說他擔心平杜奇的村民聽到什麼動靜，犯人的喊叫或 NKVD 押送者的謾罵之類的。而平杜奇就在去波維涅的路上。所以，行刑地就在平杜奇和波維涅之間的某個地方。

現在，我們的嚮導換成尤里・德米特里耶夫，大概也是唯有俄羅斯才能出產的人物之一。我第一次見到他是在一個高牆包圍的廢棄工業區中的木棚裡，在卡累利阿首府彼得羅扎沃茨克的郊野。鏽化的龍門架，堆積成山的報廢輪胎，扭曲的管道，一堆堆舊石棉套管，汽車框架，天空中的雲很低，低到好像被磚砌的煙囪劃破一樣。廢棄狀態，這個俄羅斯城市或市郊風景的特點在這裡得到集中和提煉。而尤里是這個地方的看門人，乾瘦，蓄著灰鬍子，頭髮挽成髻掛在脖子後，身穿一件舊的軍隊勞動服上衣，他遊蕩在廢墟中央，一副顛僧混搭波摩里埃老海盜的怪相。「一九八九年」，他講述道，「一台挖土機偶然挖出了一堆人的骸骨。當地的官員、軍隊領導、檢察院的人，所有人都跑來看，沒人曉得該怎麼辦，沒人想擔責任。我就說了，如果你們沒時間，那我來管。花了兩年時間才證明那是『鎮壓』的受害者（在俄羅斯人們稱這些大屠殺為鎮壓，répressia）。他們被安葬到了彼得羅扎沃茨克的老公墓裡。儀式之後，我父親才告訴我他的父親是在一九三八年被逮捕槍斃的。在此之前，他們都說爺爺死了，沒別的。於是我有了瞭解這些人命運的欲望，我開始和伊萬·楚金一起編寫《卡累利阿回憶錄》一書，我以前曾經是他的副手，這本書蒐集了大恐怖一萬五千名受害者的簡介。有好幾年，我都是在國家安全局的檔案部工作。沒有權利複印，我便帶了支錄音筆，把名字念著錄下來，然後回家再記錄。有那麼四、五年裡，我每晚睡覺時腦子只有一個詞——

『槍決』（rastrelian）。一九九七年三月的一天，他們往檔案部又加了一張桌子，是給一對夫婦準備的，他們在找馬特維耶夫的材料，調查索洛韋茨基那支隊伍的始末。他們便是伊麗娜和維尼亞民·約非。我們決定合力，第二年夏天，即一九九七年七月，帶著我的女兒和我們的狗『巫師』，我們前往實地搜尋」。

在梅德韋日耶戈爾斯克，當地政府給他們配了一隊士兵實施挖掘。伊麗娜、維尼亞民、尤里、他的女兒、「巫師」和小兵們一起取道通往波維涅的路，停在十九公里處，在平杜奇之後。那裡原是個採砂場。當地的老人們聲稱記得之前曾有死刑在那裡執行過。第一天，他們徒勞挖掘，只找到一根骨頭：牛的。第二天，尤里和一名中尉帶著「巫師」去探查四周。「在和檔案材料打交道的過程中，我曾經找到過一份NKVD的指令紀錄：地點要離道路足夠遠，過路人才不至於看到押送隊生的火和卡車的車燈，或聽到槍聲，犯人也無法逃跑。我一邊跟中尉解釋這個，一邊四下張望，然後我對自己說：『如果祖國命令我，我會在哪裡執行？』」（我得希望，也這樣認為，他應該不會執行。）「這裡，離路太近。再遠一點，看不到火，但還是能聽到槍聲。再遠點，這裡，應該不錯。就在第三個小山腳下。我這麼想著，發現身邊有方形的地陷，很多。」要知道（我從尤里和伊麗娜那裡得知）屍體的分解會造成地面十到三十公釐的下沉，這是辨認舊時亂葬溝的形跡之一，還有植被的變化，比如大片苔蘚中有突兀的草或灌木出現。「我帶著兩名士兵和鐵鏟又回來，一個半小時後，我拿到了第一隻後腦勺有個洞的頭骨」。

5

這個地方名叫「Sandarmokh」——發「桑達爾摩爾」的音，按照尤里的說法，是俄語和卡累利阿語的混合，意為「撒迦利亞[73]的沼澤」。它在一條土路的盡頭，距離去往波維涅那條主路八百公尺。冬天，那裡很難到達，人們有時會陷入齊腰深的雪中。「莊嚴又美麗的是奧涅加地區古老的森林」，波蘭猶太人朱利斯·馬格林如此寫道。一九四○年，為了躲開步步逼近的納粹，他「非法跨越蘇聯邊境」，於是和其他成千上萬人一起被流放。「冬天，那是綿延的白色王國，乳白的珠光，雪的尼亞加拉，琥珀、蔚藍或玫紅的晨曦，就像我們在水彩畫上看到的義大利的天空」。今日，園區入口處一塊石頭上刻著僅有的一則銘文：「人們，你們不要互相殘殺。」（Lioudi, nié oublivaïtié droug drouga.）我沒見過比這更恰到好處的銘文，如此簡單而確切，沒有任何政治、宗教、歷史意味，不提報復，甚至無關公正，只關乎道德準則。這片森林裡遍布著超過三百六十個亂葬坑，大小不一。一九三四年至一九四一年間，超過七千人在這裡被槍斃，其中包括索洛韋茨基那支一千一百一十一人的隊伍，用時五天，一九三七年十月二十七日，十一月一、二、三、四日。樸素的紀念碑，悼念著波蘭、猶太、穆斯林、立陶宛、烏克蘭死者，更為特別的，在陽光照射的高高的松樹下、紅灰色的樹幹旁是另一片低矮的林子，是「鴿籠」（goloubtsy）：一根木樁矗立在地上，支起一個尖形屋頂，庇護著靈魂的白鴿。死者的照片釘在木樁上，有時是名女性，就像這位怒目而視的美麗的尼娜·薩哈洛夫娜·德里巴奇，喬治亞的經濟學家，一九三七年十一月一日被槍斃，時年三十四歲。所以她是索洛韋茨基那支隊伍的一員。被害者的美貌瞬間讓你更加為眼前這些被謀殺者的目光動容，貌似不太公正合理，但事實就是這樣，不得不承認。

被槍決者的森林，無數的面孔。所有面孔都在訴說過去的生活，大概並非多麼光鮮的生活，但舒適，承載著希望、愛、家庭、前進、正義，是還沒遭受不可理喻的國家暴力蹂躪的生活。伊萬·阿列克謝維奇·瓦西里耶夫，帕維爾·尼古拉耶維奇·別洛夫，

73 猶大王國的先知，《撒迦利亞書》的作者。

戴著士兵的帽子。伊萬・葉菲莫維奇・馬克西莫夫，司鐸打扮的神父。德米特里・特洛菲莫維奇・科查諾夫，年輕人，繫著領帶，面露羞怯，頭髮油光閃亮。阿列克謝・謝爾蓋耶維奇・謝爾蓋耶夫，有點像福克納，但更親切，多了些農村氣息，沒那麼高傲，一九三七年十一月一日被槍斃。伊萬・伊萬諾維奇・米哈伊洛夫，鴨舌帽下眼神沉重。烏爾霍・基努能，芬蘭人。伊萬・伊萬諾維奇・阿弗托克拉托夫，一九三七年十一月二日被槍斃。潘克拉提耶夫三兄弟，帕維爾、德米特里和塞米昂，分別於一九三七年和一九三八年被槍斃。伊萬・阿列克謝維奇・葉菲莫夫、葉菲姆・波爾菲洛維奇・迪吉、安東・約希弗維奇・尼金斯基，還有皮奧特・瓦西里耶維奇・布拉科夫，胖胖的臉上寫著愉快，他在孔多波加的木漿廠工作，似乎正憧憬著美好的未來（儘管只是一瞬間，卻能透露很多）。馬特維耶・高爾迭耶維奇・萊卡切夫，蓄著一撇深色的鬍鬚，眼神天真，頭上的皮帽很有光澤。然後，是阿列克謝・費奧多謝維奇・范根格安姆，氣象學家。人造花在死者之間撒下點點鮮豔的色彩。松樹尖頂上風在私語，鳥在鳴唱，除此之外沒有別的聲音。今日如此安詳平靜的地方曾經上演過地獄般的場景。

6

梅德韋日耶戈爾斯克的禁閉室。他們多少人待在裡面，我不知道。有人喊他的名字。看守把他帶入一間木屋，有人記錄他的身分，姓范根格安姆，名阿列克謝，父名費奧多謝維奇，一八八一年十月二十三日生於烏克蘭蘇維埃社會主義共和國切爾尼戈夫省克拉皮付諾村……自從四年前加佐夫和查寧把他關進盧比揚卡那天起，他不知回答過多少遍這些問題……人們讓他脫衣，說是要體檢。然後把他推進另外一間木屋，一群暴徒過來抓住他的胳膊扭至背後，捆住手腕，接著把他丟到地上，綁住腳。如果他至此還對等待他的命運有所疑慮的話（不太可能），在這一刻，他知道，他投入信任、不讓自己對其失去希望的黨將把他像牲口一樣宰掉——他和其他所有人。他不太可能還懷有疑慮，但與此同時他不可能從來沒想像過如此卑鄙的行為。人們除去他的結婚戒指。他也許試著反抗，殺手們便打他，用這種馬特維耶夫命人專門製作的名為「kolotouchka」的棍棒，或者某種冰鎬之類的東西，那是本達聯科的工作器具。人們把他拖到另外一間屋裡，裡面已經躺著一些被捆綁起來的身體，有些已經血淋淋。條條人肉。「人是最寶貴的資產」，史達林同志曾經這麼寫過。一湊夠五十多，他們就被扔進兩輛卡車中。看守們用腳上的靴子把他們弄實了，蓋上篷布，坐了上去，卡車發動。赤裸的身體緊挨著，捆綁著，被踐踏，流著血，在寒冷和恐懼中顫抖：這就是革命誕下的不容置疑的兄弟情義。他腦海中閃現過這般想法嗎？人在被捆著拉往屠宰場的路上腦子裡會想東西嗎？現在是十一月初，第一場雪大概已經下過，奧涅加湖正在結凍。卡車開得很慢，在坑坑窪窪的路上顛簸，接著開到了土路上，車大燈在夜裡跳躍，到達目的地用了將近一小時。森林中，一大團篝火燃燒著，NKVD的人圍坐著取暖，抽著菸，喝著伏特加，講著玩笑話。他們沒被嚇到，早就習慣了，他們是在運河的勞動營裡待過的，而運河是個巨大的吃人獸。他們挖了一些坑，不是很大，長三、四公尺，寬兩公尺的樣子。他們這一群有二十來人，還有一些同志在稍遠處。有些人醉醺醺的。稍遠處有一些剛剛蓋住的坑，剛翻過的土還在冷空氣中冒著煙。篝火映出的龐大身影在樹底下跳著舞，火星打著旋在樹幹間升騰。看守們跳下卡車，喊人過來卸貨。動作俐落點，沒時間可浪費，卡車還得回梅德韋日耶戈爾斯克運另外一撥，兩小時內不會回來。人們把受刑者從卡車上拽下來，像搬運木樁一樣，在地上拖著，他們要嘛光著身子，要嘛裹著布頭，劊子手們穿著厚實，頭戴皮帽，他們嘲笑著，就像衣著光鮮的人嘲笑赤身裸體者，就像即將活下去的殺戮者嘲笑行將死去的人，就像羅馬軍團的百人隊嘲笑耶穌。狗狂吠，甚是興奮。馬特維耶夫上尉抽完他的菸，把菸頭丟進火堆，喝了口伏特加，抹了抹嘴，跳進坑裡，給他的納甘槍上好了膛。

7

研究這些野蠻年月，從中得到唯一的、微薄的滿足感，就是看到幾乎所有發出槍決命令的人最終也都落得被槍決的下場。並非得益於公眾或國際正義或神的旨意，不是正義宣判的槍刑，而是他們不惜墮入卑鄙無恥、為之服務的暴政所為。但被槍決的結果還是會大快人心。有生平簡介的那些，在裡頭找一找，幾乎結局都是清一色的槍決於某日。劊子手們的自我毀滅正是那個時代癲狂的證明。在這個故事裡頭：亞果達，NKVD的頭目，被槍斃，一如普羅科菲耶夫，他的副手，簽發了范根格安姆逮捕令的那個，葉若夫，亞果達的繼任者，被槍斃；弗利諾夫斯基，葉若夫的副手，被槍斃；在盧比揚卡審問范根格安姆的阿普雷仙和查寧，被槍斃；檢察官阿庫洛夫被槍斃；索洛韋茨基監獄負責人阿培德少校被槍斃；列寧格勒特別三人組其中之二的薩科夫斯基和柏增均被槍斃。可惜沒有維辛斯基，他將在戰後展開漂亮的外交生涯，當上駐聯合國的代表，死在自己床上。也沒有米哈伊爾・馬特維耶夫，嗜血的鎖匠。這一位最終在列寧格勒淪為酒鬼，被 NKVD 開除，當然不是因為他所犯下的罪行，而是因為他娶了一名愛沙尼亞女子，不如說是個潛在的間諜……

第四部

我盡可能小心謹慎地講述氣象學家阿列克謝·費奧多謝維奇·范根格安姆的故事，沒有虛構，忠實遵循我所知的關於他的事情。這樣一個對雲朵感興趣、為愛女畫畫的男人，被捲進了一場嗜血的狂歡。到底是什麼讓他的生活突然轉向，墜入流放和分離的漫長考驗直至最後的可怖結局之中？從什麼時候開始，是哪次惡意告發，哪件不起眼的小事，哪句冒失的玩笑話，引發了這一無可避免的進程，導致一九三四年一月八日的逮捕和一九三七年十一月三日的槍決？我無法確切知道，似乎沒有人能知道。在那個年代，不需要費多大勁就能讓槍桿對著你的後腦勺。可能性最大——最說得過去——的說法，這一致命連鎖反應的源頭指向他的下屬斯佩朗斯基，就是他，聲稱范根格安姆主管的雜誌中有「外國階級宣傳」和「明顯的孟什維克傾向」。也許他是出於堅定的列寧—史達林信念才冒險攻擊他的上司，但最可能的還是出於嫉妒和野心。一九三二年之前，斯佩朗斯基一直是俄羅斯共和國水文氣象局局長，這個機構隨後被解散，併入由范根格安姆領導的蘇聯統一水文氣象局麾下，他有可能因此心懷怨恨並伺機復仇。不管怎樣，揭發來得不早不晚正是時候：農業集體化的失敗亟需背黑鍋的代罪羔羊，負責天氣預測的人正是這一角色的絕佳人選。除去這些「原因」，也不能忘記，在史達林的統治下，每個蘇聯公民都是潛在的罪人，需要的只是去發掘罪行，那就是「機關」的工作了。

對於我所知的阿列克謝·費奧多謝維奇的弱點，我沒有隱藏。我不求把他塑造成英雄榜樣。他既非科學天才也不是大詩人，從某種角度看他就是個普通人，但他是清白的。其他一些人，對史達林和史達林主義有更清醒的認識，很快便明白「社會主義建設」要付出怎樣的血的代價。「我沒有也永遠不會失去對黨的信任。有些時候信任會丟失，但我會抗爭，我不會任由自己被打倒。」他在一九三四年六月寫道，當時他還在凱姆的中轉營；不能肯定的是，在他生命最後幾天甚至最後幾小時到來之前，在NKVD的暴徒們正挖坑準備把他埋葬之前，他已經能夠意識到他的信任是怎樣地沒用對地方。他的盲目信任終止於何時，我們無從得知，唯一能肯定的是，臨終時刻的幡然醒悟該是多麼殘酷。有些人比他更有反抗精神，我提到過毫不妥協的女性形象葉夫蓋妮婭·雅羅斯拉夫斯卡婭—瑪律孔，試圖幫助她的丈夫越獄，最終被槍斃的時候還不忘咒罵劊子手。范根格安姆不是這麼剛烈的人。他愛他的家庭，尤其對他的女兒，他的「小星星」，特別地憐愛。他熱愛他的工作，大概也熱愛他生活的時代，在他看來屬於偉大的政治科學成就的時代。「但願我們的女兒像我們一樣，」他在索洛韋茨基早期的信中寫道，「成為一名忘我的勞動者。向她傳達我的熱情。她即將迎接的時代，比我們的時代還要更加激動人心。」這個人，也許不夠有懷疑精神——但四分之三世紀過去之後說這樣的話顯然不是難事。總之，一個人和所有人一樣，有他的正直和忠誠，也有他的盲從和輕信。

我可以聲稱是這樣一個「平庸」所具有代表性的特點，讓我決定講述這個人的生死和激情：但這無疑是撒謊，是把一個偶然成分占大多數的想法過度社會學化。是因為，我在前文說過，二〇一二年在安東尼娜（如今已過世）家中看到的范根格安姆的畫，是這個發現地的風光之美，是矗立海中央的這座神聖堡壘（對我而言，神聖是因為它飽浸人類苦難），是後來和他女兒的舊識的相遇，最終說服了我著手調查、書寫。但這不是全部，這還不夠。有別的東西，更私人的東西，不妨在故事的末尾試著說一說，在我看來也不算不合適。在這個不屬於我、也與我的出身無關的故事裡——不單是氣象學家的故事，更是他生於其中死於其中的那個可怕時代的故事——到底有什麼吸引我、牽動我？首先，俄羅斯，到底有什麼吸引我，這個甚少花力氣去討人喜歡的國家，這個在我所居住的這一部分世界裡也沒人喜歡的國家？沒有人，連我也不算。這本書也不會讓它更招人愛……然而，過去將近三十年中，我固執地一去再去。又是為什麼？自從一九八六年第一次前往這個當時還稱蘇聯的國家以來，我先後重返二十多次（幾乎跟阿拉貢一樣多，但畢竟情境和緣由還是不同……）：我本可以把這些時間用於更可愛的目的地。在我之前寫的小書《在俄羅斯》的結尾，我問自己，當離開這個我「沒有任何理由重返」的國家時，心中是否有所觸動？理由嘛，必須說我後來是找到了。到頭來，我如此頻繁造訪的國家，這世界上除了俄羅斯沒有其他。我在伊爾庫茨克讓大學生們閱讀點評米肖和克洛德．西蒙的文字（我擔心自己不是個好老師，這點讓我頗為煩惱），我在這座沙皇的信使蜜雪兒．斯托戈夫74歷盡艱險終於抵達的城市待的時間比法國任何一座城市都長（巴黎除外）。我乘坐火車於西伯利亞大鐵路穿越了不知多少公里，我去過兩次符拉迪沃斯托克，我還去了堪察加，因為在我童年時代這個名字就意味著世界盡頭的盡頭（大概也是自童年起唯一不變的事），我去哈巴羅夫斯克看阿莫爾河，去鄂霍次克海上的馬加丹看令人生畏的科力馬河勞改營群的入口，因為那裡是沙拉莫夫所說的「地獄的月台」。我請來法國作家，在莫斯科、彼得堡、葉卡捷琳堡辦讀書會。在鄂木斯克，在摩爾曼斯克，在金鐘城阿爾漢格爾斯克，我試著吸引芸芸讀者，成功程度不一，我去加里寧格勒，也就是前柯尼斯堡看康德墓，我去巴格拉季奧諾夫斯克，也就是當年的埃勞參觀公墓，緬懷雨果上尉和夏培上校。我甚至和一名猛獁象遺骸找尋者一起在西伯利亞大北方一個鳥不生蛋的地方待了兩星期（成為古生物學家的艾萊奧諾拉應該會喜歡這工作），從那裡，我還去了北極或者北極附近。我曾在一座漂流基地的帳篷下讀《悲慘世界》，用煤油爐的熱量解凍伏特加，與俄羅斯的海洋學家和氣象學家聊天至深夜（但那時並沒有夜），他們在浮冰上上下下搭了一大堆儀器；他們對我說，他們在蘇聯和鐵幕時代選擇了這樣的專業，是因為氣流和水流、風和水不識國界，可以自由行遍天下。可惜那時候我既沒聽說過施密特，也不知道范根格安姆，不然我會很樂意跟這些海洋學家和氣象學家聊聊他們。

我說這些並非為了擺出一副探險家的樣子（很多人做得很好），更不是為了吹噓我自己對俄羅斯有著多麼深刻的瞭解。我的俄語水準仍然差得可憐，甚至跟我最初去俄羅斯那時比起來更退化。而且，我對這個遼闊國家的表層的流覽，多過對它深層的探查。

74 朱爾·凡爾納（Jules Gabriel Verne）小說《沙皇的信使》主角。

我羅列這些名字，鋪展這張地圖，只為證明這個國家於我的神奇吸引力：穿越了這麼多城市，凝望過這麼多地平線，從濱海邊疆到被普魯士人包圍的加里寧格勒，從北冰洋的邊緣到蒙古的布里亞特部落：一定是這些地方，和那裡或被銘刻或被抹殺的故事在我看來有某種魅力——甚至是很矛盾的，某些可怕的地方也會有魅力。

我想，這一切應該是由對空間的感知或說體會開始的，又或者，用更好懂的方式來講，是在空間面前的眩暈。我在一篇小文中寫道，俄羅斯，是地表上最遼闊的寬廣，我在裡面也引用了契訶夫（「人類的普通度量不適用於泰加林[75]。只有遷徙的鳥知道它的盡頭在哪裡。」）。長距離的國家。我對俄羅斯的傾向性中有一部分來自地理，來自空間這一不可見非物質現實的吸引。無法捕捉的力量，卻潛移默化地留下印記，在書的開頭，我試圖藉由范根格安姆童年所在的無邊草原的風景來呈現這樣一個空間概念。生活在小小歐洲半島上的我們，顯然不怎麼習慣這種感覺，這道世界級長波，我們沒有足夠的設備去接收。這也是蒲寧在《阿爾謝尼耶夫的一生》所說的：「我出生成長在一片赤裸的田野，一個歐洲人無法想像它的樣子。無限的遼闊圍繞著我，既無邊際，也無疆界。」（我不敢肯定「無限的遼闊」是個貼切的譯法）況且在我年輕時，這片無限的遼闊是被禁止的國度，也沒有任何跡象表明禁令將會在我有生之年被解除，這大概也讓我這樣的歐洲異端分子對此更加心生嚮往。就是這個，這份不輕易相信的好奇心，驅使我在一九八六年，當壁壘開始坍塌時，去看看那一邊是什麼樣子。共產主義的瓦解讓我得以接觸到許多地方、事物和生命。俄羅斯的空間注定是政治的，歷史從那裡穿過，永不停歇地和地理交織。再沒有比多義的「西伯利亞」一詞更能體現地理歷史交匯的詞了——地理上，是鳶尾花盛開的濕地，是西伯利亞大鐵路跨越的平原和山丘；——歷史上，是流放、苦役、勞改營和苦難的代名詞，從杜思妥耶夫斯基的《死屋手記》（書的開頭便是，「在西伯利亞」深處……）到沙拉莫夫的《科雷馬故事集》。

除了革命，近代（即已經過去的年月）再無其他史詩，而世界性的革命只有兩次，其一為法國大革命，其二為二十世紀的俄國革命。二十一世紀的人們大概會忘記一九一七年的十月革命曾經激起全世界的希望，但是，對於那之後半個世紀內的一代代男男女

75 指從北極苔原南界樹木線開始，向南延伸一千多公里寬的北方塔形針葉林帶，是世上最大的北極寒區森林帶，又稱「寒溫帶針葉林」或「北方針葉林」。

女來說，不管他們身在哪個大洲哪片大洋，共產主義都曾經是無比鮮活、響亮又令人激奮的承諾，這一承諾關乎人類歷史的新紀元，關乎人們冠以一堆幼稚名稱的新時代，輝煌的未來，高歌的明天，世界的青春，麵包和玫瑰——名字很幼稚，希望卻不會，為之努力的勇氣更與幼稚無關，而且，在這些人看來，俄羅斯是這場偉大變革的發源地，是全世界受苦者的堡壘。令人驚訝的，是看到曾經掀起的世界歷史巨浪如此迅速消失。對共產主義的熾熱期待，幾乎已無人記得，但對於包括我這代人在內的某幾代人，「革命」還存在於我們的記憶中，老實說記憶已愈來愈混亂，依然念叨著理想，卻也許是不經一事不長一智，把經驗重新浴火焚燒，這些人不可能不在今日這個灰暗國家的陰影下瞥見舊日全世界希望的搖籃，但更是埋葬這一希望的巨大墳墓。「誰能說明白蘇聯於我們之意味？」紀德寫道，他自然不屬於全世界受苦者的群體，但他是眾多在某一時刻被高漲的熱情傳染的知識分子之一，這樣的知識分子在我們國家尤其多。「不僅僅是我們選的祖國：更是一個榜樣，一個嚮導。我們所夢想的、我們幾乎不敢期望，但我們的意願和努力所指向的，在那裡發生了。在那片土地上，烏托邦曾經就要變為現實。」這些文字寫於一九三六年，紀德正從蘇聯歸來，或者說，回過神來。

所以，「俄羅斯的傾向性」當然不單單是純粹的地理上的吸引，某種對空間的嚮往，因為這片空間不僅是鋪開的面積，不僅是抽象或負面的概念、透視線、無邊無際（卻也的確無邊無際）：那裡住著許多幽靈，這些幽靈來自最宏偉的世俗希望，和它的被謀殺，即革命與其悲慘滅亡。當我談論革命，我談的並非真實發生的、布爾什維克在十月裡推翻政府那一次，不是成為主要活動家的或平庸或有妄想症的人物，以及革命一開始即表現出來的殘暴和對自由思想的懷疑；我所說的，是千萬人夢想中的那一個，是改頭換面的世界，是沒有階級的社會，是就要變為現實的烏托邦。二十世紀主要的一部分歷史在這些地方上演，而且不僅是二十世紀，因為直至今天，我們依然繼承著因這次幻滅而生的絕望，甚至自己都毫不知情。這就是為什麼在我看來這個故事講的不是莫諾莫帕塔王國[76]。氣象學家的故事，以及其他所有在壕溝深處被槍決的無辜者的故事，在某種意義上也是我們的故事的一部分，因為和他們一起被屠殺的，是我們（我們的父母，我們之前的一代人）曾經共用的希望，是我們曾經至少在某一刻相信即將變為現實

76 非洲中世紀王國，位於現辛巴威和莫桑比克一帶。

的烏托邦。罪惡滔天，革命被永久屠殺。在這之後，也有過其他革命，那是民族解放鬥爭、軍事叛亂、勝利的暴動、戲劇性的政變、成功的登陸，但不管人們如何用力做出為全人類而戰的樣子，這些革命再也沒能達到向全世界傳達資訊的高度。

罪惡滔天：千萬條人命被屠殺，「在黑夜的森林中」，威廉・布萊克[77]會說；或者在地窖裡，像洗澡水，沿著引導汩汩血流的排水溝或斜面流走，或者乾脆在地窖裡鋪上可以用水沖洗的瀝青布，在採石場上，在沖溝裡，在軍營中，在卡車上，這千萬具屍骨，被挖土機突然間在某條高速公路或某條機場跑道旁掘出，或者被吊車從某個江灘清理出來。死者中的某一些，如氣象學家，我們在他們被殺害幾十年之後的今天知道了他們躺在哪條亂葬溝，可以在他們的受刑地放上他們的照片，獻上人造花，可是俄羅斯遼闊的土地——zemlia——依然掩藏著不知多少具骸骨，在我們也許永遠無從得知的地方。俄羅斯的空間，說到底，也是不計其數的逝者的地盤。

罪惡滔天：這些難以承受的目光，直勾勾地盯在底片上，好讓劊子手確定自己殺「對」了人——獲刑人有那麼多，弄錯、弄混檔案也是情有可原的事，湯瑪斯・奇茲尼的《大恐怖在蘇聯，1937—1938》一書將其蒐集成冊，令人敬佩。亞曆桑德拉・伊萬諾夫娜．楚巴爾，眼神絕望，一九三八年八月二十八日被處決。安德列．瓦西里耶維奇．多羅德諾夫，海上救生員；塞米昂．尼古拉耶維奇．克雷馳科夫，神父，分別於一九三七年六月二十日和十一月二十五日被處決，他們有著一樣無畏的目光。亞歷山大．伊萬諾維奇．多加多夫，眼中滿是不解，撇著嘴的表情像在說，不，這不可能，你們太過分了，一九三七年十月二十六日被處決。阿列克謝．格里高利耶維奇．捷勒迪科夫，鎖匠，雙目圓睜，滿是驚恐，一九三七年十一月一日被處決。伊萬．菲力波維奇，泥炭礦上的工人，一樣的眼神，一九三七年十二月十五日被處決。加夫里爾．謝爾蓋耶維奇．柏格達諾夫，掘土工，伊萬．葉戈若維奇．阿基莫夫，一家聯合工廠的看門人，兩人眼中是無盡的悲傷，他們分別於一九三七年八月二十日和一九三八年二月二十六日被處決。瑪爾法．伊麗妮馳娜．莉婭贊策娃，臉皺得像一顆衰老的蘋果，目光沮喪，一九三七年十月十一日被處決，時年七十一歲。阿列克謝．伊萬諾維奇．薩寇里亞科夫，二十二歲的農場青年，一九三七年八月二十日被處決；克拉芙迪雅．尼古拉耶夫娜．阿勒泰

77威廉．布萊克（William Blake，1757—1827），英國浪漫主義詩人、畫家。

蜜耶娃，理髮師，一九三七年十二月二十九日被處決；伊萬．阿列克謝維奇．貝羅卡什金，流浪青年，一九三八年三月十四日被處決，那年他十七歲；伊萬．米哈伊洛維奇．莎拉耶夫，屋架工人——他歪著腦袋，瞇著眼睛，像是側耳聽著什麼——此四人滿眼狐疑。蓋爾摩根．馬卡列維奇．奧爾洛夫，十九歲的大學生，眼中帶著諷刺，一九三八年一月二十五日被處決。亞歷山大．庫茲米奇拉什科夫，一九三八年一月十日被處決；里斯．雅科夫列維奇．馬斯洛博依奇科夫，護士，一九三七年十一月二十一日被處決；格萊布．瓦西里耶維奇．阿列克謝耶夫，作家，一九三八年九月一日被槍斃——此三人用眼神在對抗著。米哈伊爾．伊萬諾維奇．阿拉提爾切夫，雅羅斯拉夫爾鐵路發明人協會會計，一九三八年五月二十八日被處決：揚著的臉一半埋在陰影裡，頭上纏著繃帶，目光朝下盯著鏡頭，在厄運面前依然帶著君王般的高傲。堆疊在卡車上的身體用實實在在的畫面詮釋了演化成恐怖的革命所創造的兄弟情義，這些名字也一樣，這些鎖匠、看門人、老婦、街頭的孩子、屋架工人、神父、理髮師、大學生、護士、作家、農場男孩的面孔，構成了無數實實在在的人民的形象，這些具體的人民，被人民當家作主的抽象概念狠狠殘殺。

而且，從另外一個角度來看，這些被謀殺的眼神的歷史也是我們的歷史：因為我們（我們的父母、前人）變得漠不關心。「奧涅加森林中的隊伍絡繹不絕」，朱利斯・馬格林寫道，「在溫柔之鄉法蘭西或是在南美洲，無產階級詩人滿懷激情創作著對蘇維埃國家的讚歌」。選擇無視蘇維埃月光下座座墓塚的那些人，這裡不是要翻他們的舊帳，克拉夫申科[78]，大衛・盧塞[79]，這些事不提也罷。為過去的事伸張正義不是難事，當然，這段被視而不見的歷史只有願意費勁去瞭解它的人才知道。然而，這樣的視而不

78 克拉夫申科（Viktor Andreevich Kravchenko，1905—1966），原為蘇聯軍隊高官，後在華盛頓蘇聯商會任職期間宣布叛國並向美國政府尋求政治避難。一九四六年在紐約出版揭發蘇聯政權醜惡一面的著作《我選擇自由》。一九四七年，該書法文版在法國出版時引起巨大爭議，法共成員紛紛發文攻擊，稱克拉夫申科是美國間諜，傳播虛假信息。克拉夫申科以毀謗罪名將《法國文學》週刊告上法庭，審判持續了兩個月，一百多名證人出庭作證，原告最終贏得了這場官司。法國左派非共產黨員的知識分子也因它們在整個審判過程中的集體失聲而遭詬病。

79 衛・盧塞（David Rousset，1912—1997），法國作家、政治家，二戰法國貝德占領期間因祕密重組國際工人黨，被捕並送至諾因加莫集中營。戰後他出版著作《集中營的世界》，一九四六年獲得法國勒諾多文學獎。克拉夫申科事件結束後，盧塞於一九五〇年創建了國際反集中營制度委員會，展開對西班牙、希臘、蘇聯等國家集中營制度的調查。他是法國使用「古拉格」一詞泛指蘇聯集中營系統第一人。《法國文學》週刊因此稱他為「托洛斯基派捏造者」，他因而告上法庭並最終勝訴。

見，或者說冷漠，不應該被輕率對待。它們並非橫生的枝節。朱利斯．馬格林的《澤卡國度之旅》是二十世紀歷史的偉大證詞（文學上也非常出色），作者在最後做出這樣的結論：「對待蘇聯勞改營問題的態度成為我衡量個人正直程度的試金石。同理，還有對待反猶主義的態度。」同理，瓦西里．格羅斯曼也這麼說——他和馬格林一樣同為猶太人，需要再次提醒嗎？——在《生活與命運》中，他想像了一則納粹集中營軍官和被捕的政委之間的對話：「這裡是我們的地盤，您在我們的地盤。」納粹知識分子對蘇維埃知識分子說，「如果你們贏了，我們將會滅亡，但我們也會繼續活在你們的勝利中」。

然而，知識界的親蘇情結生命力依然頑強，比如沙特，一九六四年（距他因《黑色的烈日》與庫斯勒[80]絕交已過二十年，也是在這一年，格羅斯曼死在莫斯科，孑然一身，被所有知識分子圈子排斥、驅逐，他的偉大作品被剝奪，手稿被克格勃「扣押」），他為拒絕領取諾貝爾文學獎給出的解釋是「他的情感無可辯駁地偏向被稱為東方集團的陣營一邊」，稱「把諾貝爾獎先頒給了巴斯特納克而不是蕭洛霍夫[81]著實令人遺憾，唯一一部獲獎的蘇聯作品竟然是在國外出版而在國內被禁的書」。這話讓聽者瞠目結舌，言下之意似乎是（既然它就是這麼說的）巴斯特納克在蘇聯被禁，這可真是他的恥辱啊。此處不再贅述（沙特的話傳了出去，蕭洛霍夫隔年就得了諾獎）。比跟幽靈算帳更有趣的也許是這樣的考量：在我們這裡，「真實社會主義」的可怕歷史繼續被廣泛漠視，我們走過的那個世紀的整整一面，我們一直稱其恐怖的那一面，就這樣從眼皮底下溜走。它占了恐怖世紀的一半，黑暗世紀的一半黑夜都在裡頭。《澤卡國度之旅》中，一位蘇聯工程師和犯人馬格林有一番對話。「今天，馬格林說，我終於能確切說出我站在蘇聯面前時心裡是何感受：是恐懼。來到這個國家之前，我從來沒有怕過任何人。但是蘇聯教我學會了對人產生恐懼。」與之不謀而合的另外一句話來自娜傑日達・曼德爾斯塔姆：「在我們所經歷的一切之中，最根本也是最強大的，就是恐懼（……）恐懼攪亂了構成平常人生活的一切因素。」這無數的眼眸，或反射、或遭受、或對抗、

80 阿瑟・庫斯勒（Arthur Koestler，1905—1983），匈牙利猶太裔英國作家、記者、批評家，原為蘇聯共產黨員，後反思大清洗，寫出了西方文學史上著名的政治小說《黑色的烈日》（又譯《中午的黑暗》）。

81 米哈伊爾・蕭洛霍夫（Mikhail Aleksandrovich Sholokhov，1905—1984），蘇聯作家，一九六五年以《靜靜的頓河》獲諾貝爾文學獎。

或超越了這強大的恐懼，而我們則完全不在意。今天，我們理直氣壯地敲響提防非人道在俄羅斯重新抬頭的警鐘，但如果我們曾經關注過這個國家歷史中人道的那一部分，我們的警鐘會更可信一些，而那一部分首先關乎受害者。

後記

艾萊奧諾拉，氣象學家的女兒，那些圖畫和植物圖集的收件人，我本是有可能見到她的。一年之差。她是古生物學家、脊椎動物專家。她在科學院地質學院第四紀地層學實驗室工作。她終生未婚，從不慶祝生日，並禁止別人提起這個日子。她是個好鋼琴家，每天抽兩包菸（兩者並無聯繫）。她每年都去桑達爾摩爾參加紀念儀式。

二〇一一年十二月二十八日，實驗室舉辦小慶祝會提前慶祝新年。艾萊奧諾拉參加了，詢問能否在隨後幾天的假期中繼續在實驗室工作。一月四日，她給一位同事打電話祝她兒子生日快樂。這一天，還有接下來的一月五、六、八日，她獨自一人在實驗室度過。七日那天，她答應下週一整週會在紀念協會辦公室。八日，是她父親被捕的紀念日。我不做任何推論，但別人讓我注意到的，我也得寫明。九日，新年假期最後一天，她用手機給一位同事打電話，問她第二天是否上班。「我給你留了個小包裹」，她對她說，「萬一我來不了。」通話結束不到一小時，她的遺體在她居住的米楚林斯基街十二號公寓樓底下被發現。她住十樓。

第二天，人們在實驗室找到包裹，裡面有關於火化和骨灰安放地點的一切說明。她明確表示不准辦喪宴。放假期間，她已經把辦公室清理乾淨，把該歸還圖書館的書收拾到一邊。氣象學家的故事，在他死去七十四年之後，就這樣結束。

鳴謝

如果沒有紀念協會的伊麗娜・弗里格和尤里・德米特里耶夫的幫助，我寫不成這本書：謹向他們表示我的謝意，也要感謝我的朋友瓦萊里・基斯洛夫幫我翻譯了許多來自NKVD檔案的材料，還有身為氣象學家的瓦西里・波塔波夫，是他蒐集了這些材料並親手抄錄的。

我也要感謝俄羅斯 Paulsen 出版社的斯威特拉娜・多爾哥娃和艾瑪紐埃爾・杜朗，還有瓦爾瓦拉・沃耶茨克娃，在莫斯科每天工作時間都很長，她一直保持著好脾氣。

即使我力求盡可能地準確真實，這本書並非學術著作。此書依託的歷史學家們的著作，我沒有系統引用，但是，所有關於大恐怖整體情況的部分，我顯然得感謝安妮・阿普爾鮑姆和羅伯特・肯奎斯特，特別是尼古拉・維爾特（關於NKVD第〇〇四四七號行動指令的部分）。

譯後記

《古拉格氣象學家》的法文版書名是 Le météorologue，意為「氣象學家」，簡體版初出版時，出版社可能擔心辨識度不高，在前面加上了「古拉格」三個字。也許正是這臭名昭著的三個字，為這本書招來封殺之禍。二〇一七年農曆新年，也就是本書出版半年後，《氣象學家》被勒令從線上、線下的書架撤去。編輯告知，社裡庫存已不多，損失不大，剩下的，據說要銷毀處理。當時流傳著一張「禁書單」，放眼望去全是前蘇聯題材的作品，其中不乏名家大作，相比之下，《氣象學家》顯得名不見經傳，讓人不免天真地懷疑若不是名字「招搖」，這本小書也許本可以逃過一劫。

所幸兩年之後，《氣象學家》得以以繁體字版本迎來第二次生命。我之所以又如祥林嫂般嘮叨起它的遭遇，是因為此事在我心中留下了不可計算的陰影面積。我詫異於，在當今的互聯網時代，思想員警依然匪夷所思地存在著，依然有看不見的魔鬼伸出長長的醜陋手指，試圖鉗住我們的腦殼，告訴我們應該怎麼想而不該怎麼想。然而，我本不該詫異，我應該習以為常，因為大多數人都習以為常。瞧，不都一片沉默嗎？就跟書裡寫的一模一樣。幾本被禁的書又算得上什麼？

奧立維．侯蘭年輕時曾在轟轟烈烈的五月風暴中擔任極左組織的軍事領袖，這一經歷深深影響他的寫作。這位曾經的「毛主義者」，「不再相信革命」，也從未停止過對革命幻想的反思。自傳色彩濃烈的小說《紙老虎》，全書回望一九六八年的革命風潮。這種反思，在他的另一部小說《獵獅人》（我有幸也翻譯了這部小說）中也時有透露：「二十歲的你們，浪漫，叛逆，無知，你們努力讓自己去熱愛『世界革命』的偶像……一場革命的勝利，終將要看著官僚和員警的初嘗取代英雄的時代，美好的革命只存在於最初那些不輕信的時刻，然後它就會被謀殺……」不難想像，作家選擇一名前蘇聯的氣象學家來寫他的故事，除了機緣巧合，勢必也有他的「私心」。正如他自己所說的，探尋阿列克謝．費奧多謝維奇．范根格安姆的命運也是為了驗證一個信念：資本主義在全世界高唱凱歌跟革命希望遭遇的可怕下場不無關聯。我曾經以為，這種思辨和回望，對於中國讀者也許更有別樣的意義。只可惜，我們永遠猜不到下一秒風會往哪裡吹。歷史，大多數時候也只是某些人想讓大部分人看到的歷史。

It is a tale, told by an idiot, full of sound and fury, signifying nothing…

譯者　林苑

二〇一八年十月二十五日

北京

附錄

算術植物圖集

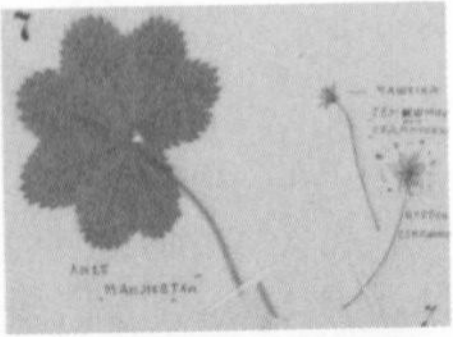
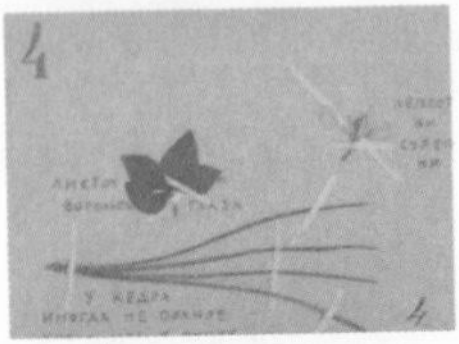
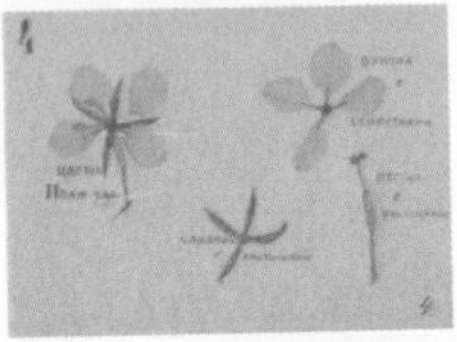

「我的一位友人為了教他的女兒算術，在這裡製作了樹葉標本集，一片、兩片、三片、四片葉子……」

（帕維爾·弗洛連斯基，信件，1935 年 7 月 3 日）

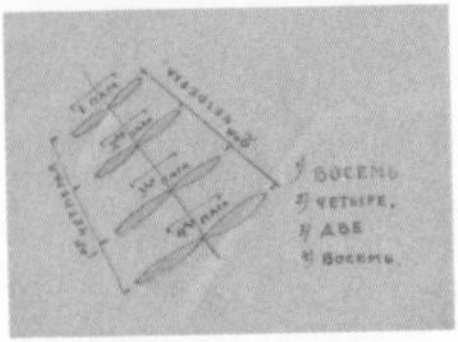

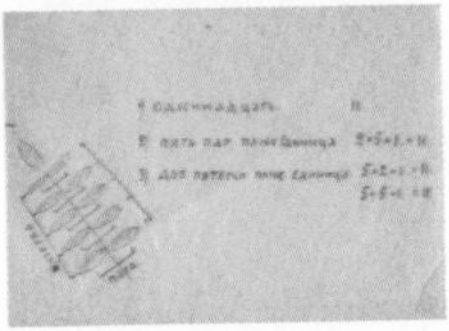
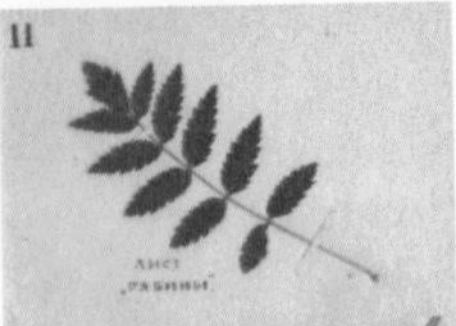
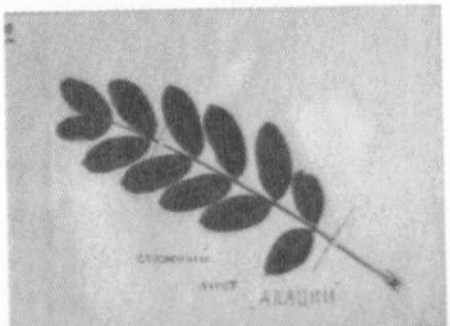
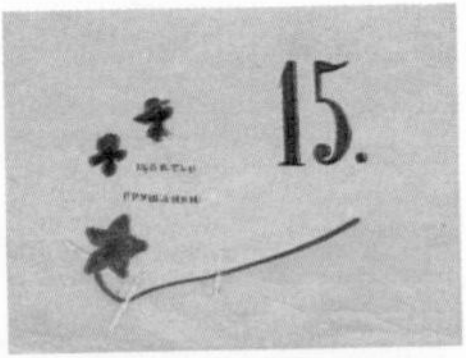

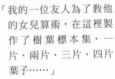

幾何植物圖集

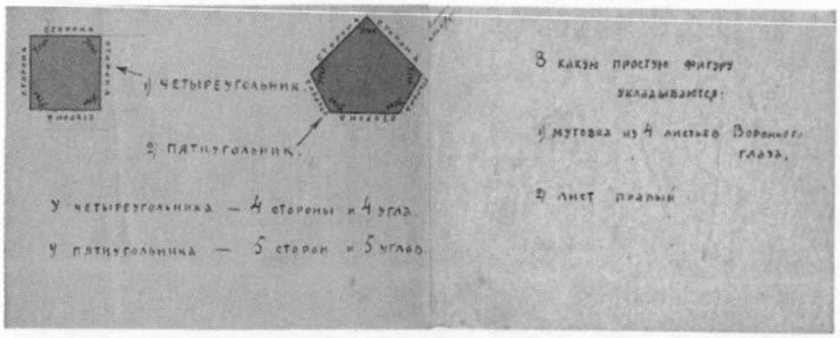

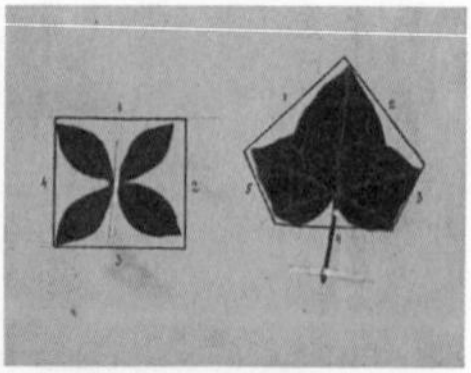

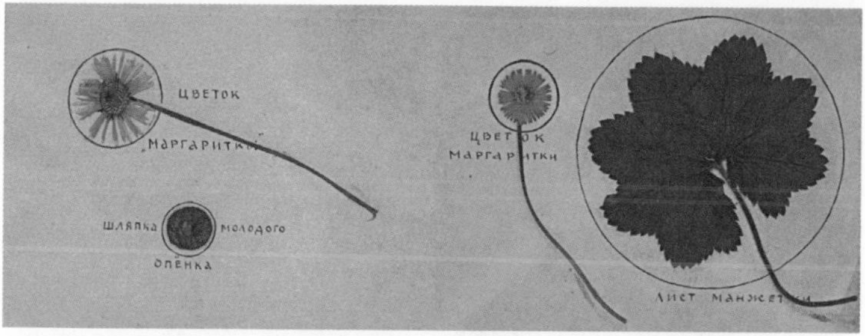

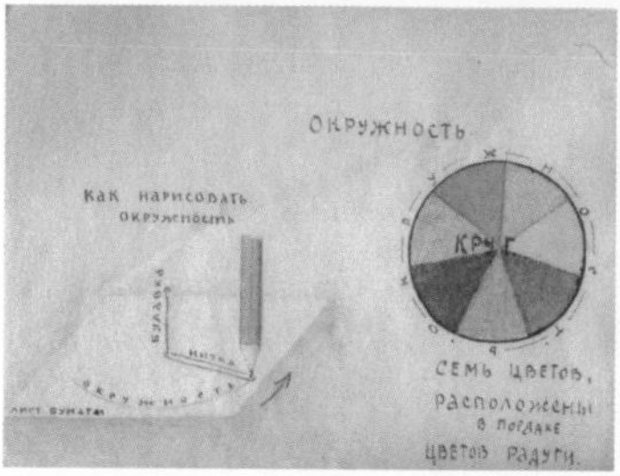

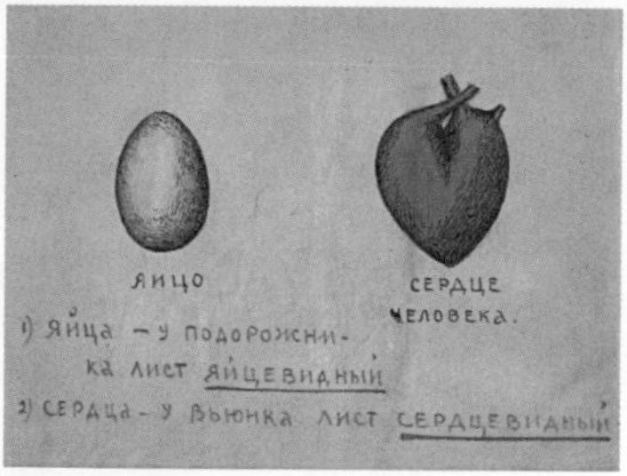

五邊形，正方形，圓形，橢圓形，螺線，三角形，對稱，不對稱。

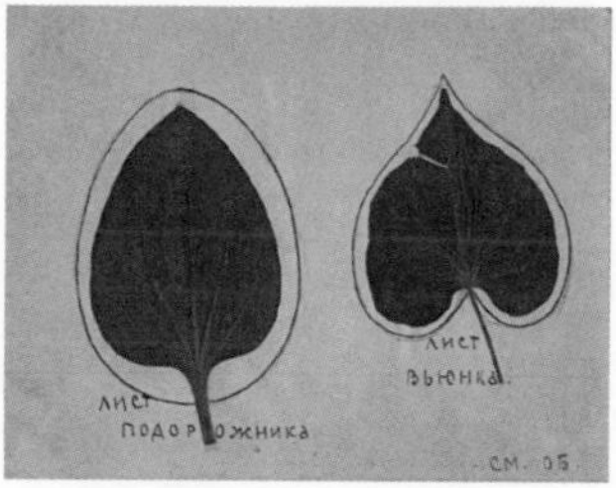

幾何植物圖集

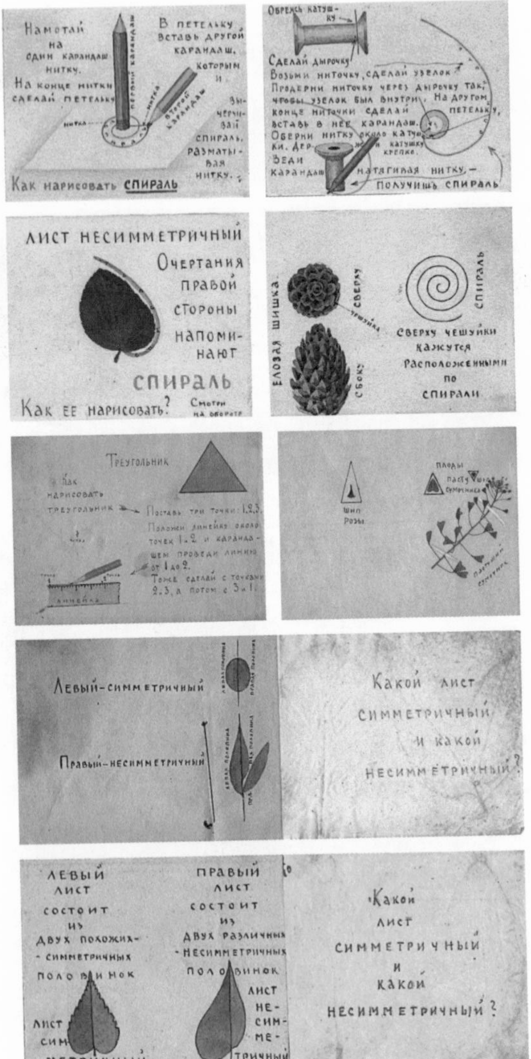
Намотай на один карандаш нитку.
На конце нитки сделай петельку
В петельку вставь другой карандаш, которым и вычерчивай спираль, разматывая нитку.
Как нарисовать спираль
Сделай дырочку
Возьми ниточку, сделай узелок
натягивая нитку, — получишь спираль
Лист несимметричный
Очертания правой стороны напоминают спираль
Как ее нарисовать?
Смотри на обороте
Еловая шишка
сверху
сбоку
спираль
Сверху чешуйки кажутся расположенными по спирали
Треугольник
Как нарисовать треугольник
Поставь три точки: 1.2.3.
линейка
Шип розы
Плоды
Левый-симметричный
Правый-несимметричный
Какой лист симметричный и какой несимметричный?
Левый лист состоит из двух похожих-симметричных половинок
Лист симметричный
Правый лист состоит из двух различных-несимметричных половинок
Лист несимметричный
Какой лист симметричный и какой несимметричный?

漿果

「我給她寄一幅漿果小畫，這種漿果是這裡獨有的，我想給她畫一個花與漿果的圖集。」

（信件，1935 年 7 月 20 日）

動物

吾友之相逢。

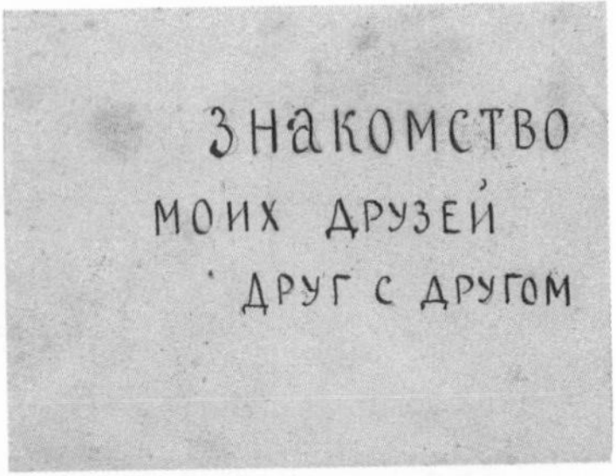

「我抽時間給艾麗婭畫了隻馴鹿。」
（信件，1936 年 12 月 17 日）

「聽著可能有些奇怪，但這個灰色的小生物能撫平我的哀傷。」
（信件，1935 年 9 月 20 日）

謎語

「兩兄弟，住在路兩旁／卻從未謀面。」

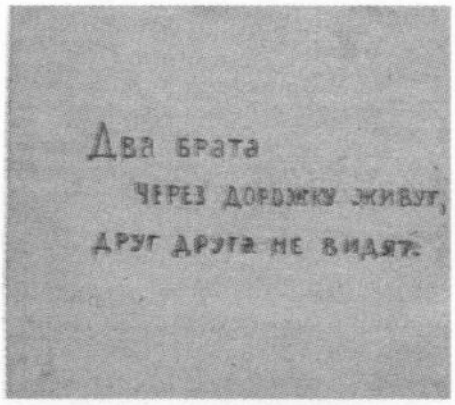

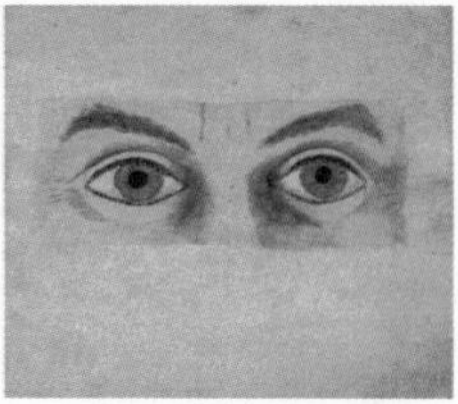

「七十件大衣／鈕扣無一粒。」

「無門無窗／屋裡擠滿了人。」

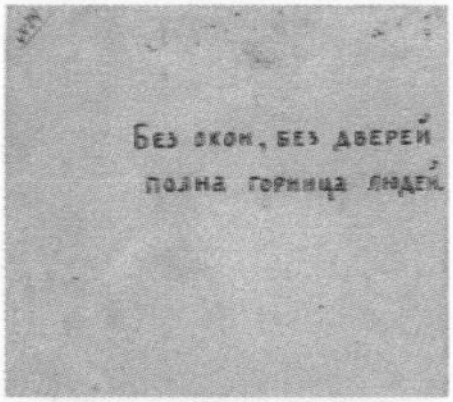

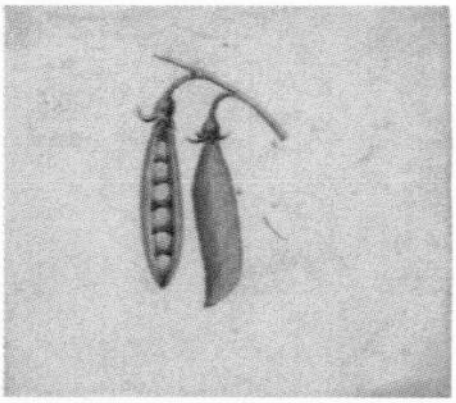

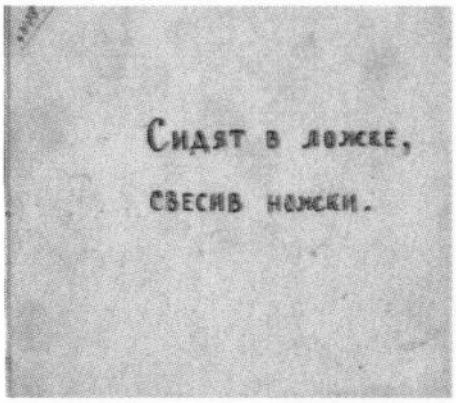

「端坐湯勺中／雙腿懸空。」

「洞穴附近／白色立柱。」

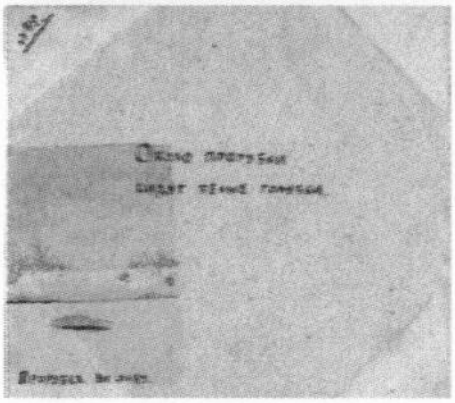

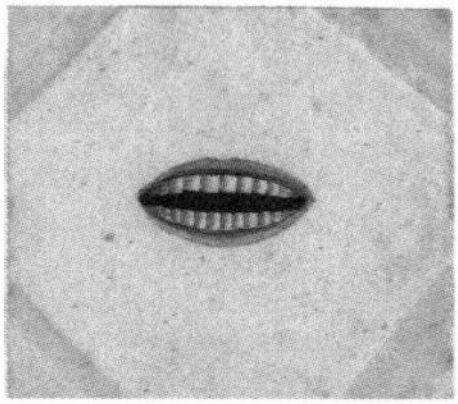

謎語

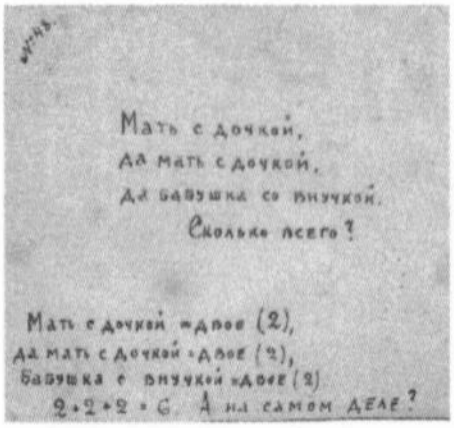

「母與女／母與女／祖母與孫女／一共幾人？」

「獄中女孩／髮辮在外。」

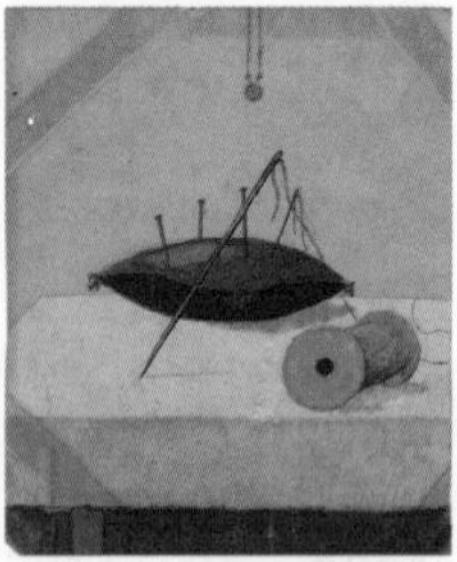

「鋼的鼻／麻的尾。」

「一間幾釐米的屋子／住著許多姊妹／猜猜她們叫什麼？」

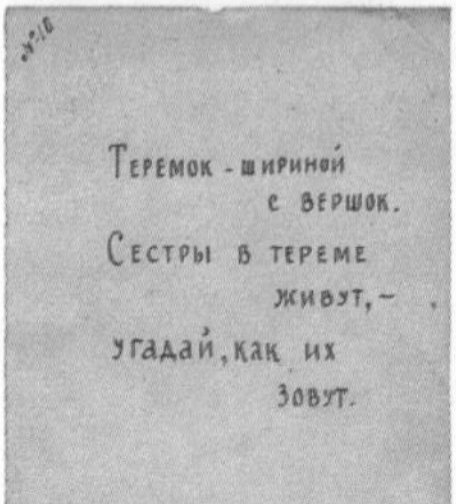

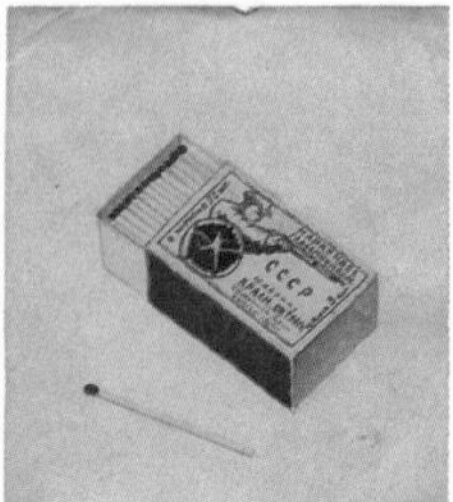

謎語

植物與氣候

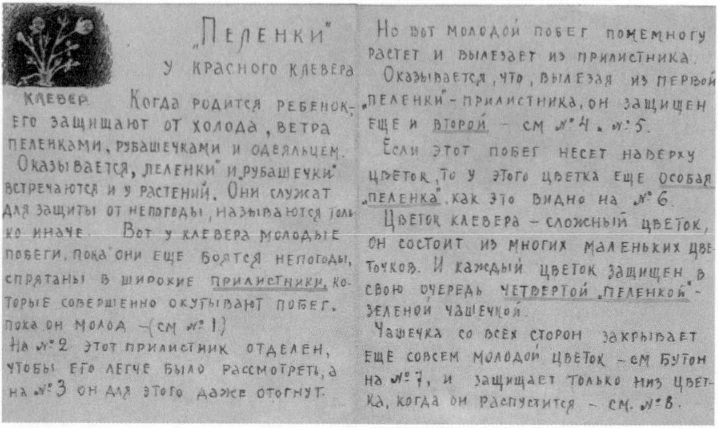

„Пеленки"
у красного клевера

Клевер

Когда родится ребенок, его защищают от холода, ветра пеленками, рубашечками и одеяльцем. Оказывается, „пеленки" и „рубашечки" встречаются и у растений. Они служат для защиты от непогоды, называются только иначе. Вот у клевера молодые побеги, пока они еще боятся непогоды, спрятаны в широкие прилистники, которые совершенно окутывают побег, пока он молод — (см № 1)

На № 2 этот прилистник отделен, чтобы его легче было рассмотреть, а на № 3 он для этого даже отогнут.

Но вот молодой побег понемногу растет и вылезает из прилистника. Оказывается, что, вылезая из первой „пеленки" — прилистника, он защищен еще и второй — см № 4 и № 5.

Если этот побег несет наверху цветок, то у этого цветка еще особая „пеленка", как это видно на № 6

Цветок клевера — сложный цветок, он состоит из многих маленьких цветочков. И каждый цветок защищен в свою очередь четвертой „пеленкой" — зеленой чашечкой.

Чашечка со всех сторон закрывает еще совсем молодой цветок — см бутон на № 7, и защищает только низ цветка, когда он распустится — см. № 8.

「紅三葉的『襁褓』」

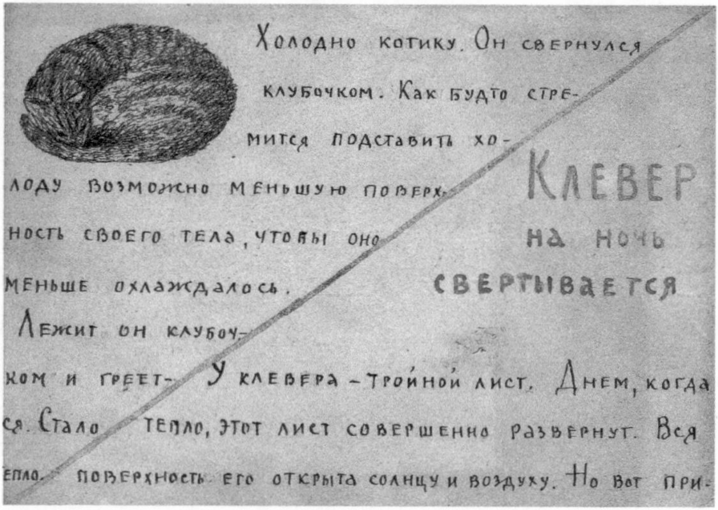

Холодно котику. Он свернулся клубочком. Как будто стремится подставить холоду возможно меньшую поверхность своего тела, чтобы оно меньше охлаждалось.

Лежит он клубочком и греется. Стало тепло.

Клевер на ночь свертывается

У клевера — тройной лист. Днем, когда тепло, этот лист совершенно развернут. Вся поверхность его открыта солнцу и воздуху. Но вот при-

「三葉草蜷縮起來迎接夜晚」

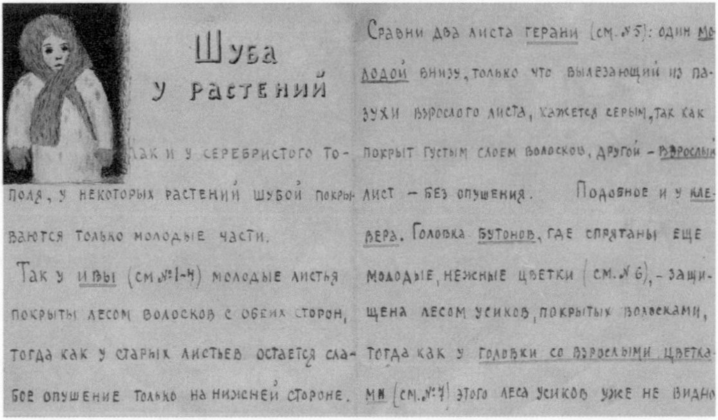

Шуба
у растений

Как и у серебристого тополя, у некоторых растений шубой покрываются только молодые части.

Так у ивы (см №1-4) молодые листья покрыты лесом волосков с обеих сторон, тогда как у старых листьев остается слабое опушение только на нижней стороне.

Сравни два листа герани (см. №5): один молодой внизу, только что вылезающий из пазухи взрослого листа, кажется серым, так как покрыт густым слоем волосков, другой – взрослый лист – без опушения. Подобное и у клевера. Головка бутонов, где спрятаны еще молодые, нежные цветки (см. №6), – защищена лесом усиков, покрытых волосками, тогда как у головки со взрослыми цветками (см. №7) этого леса усиков уже не видно

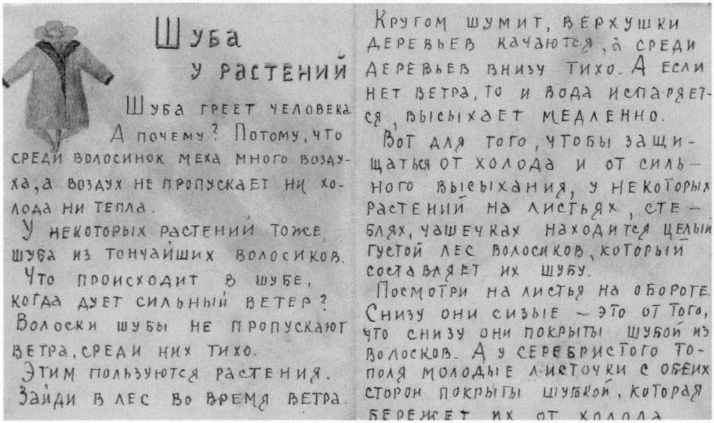

Шуба
у растений

Шуба греет человека. А почему? Потому, что среди волосинок меха много воздуха, а воздух не пропускает ни холода ни тепла.

У некоторых растений тоже шуба из тончайших волосиков.

Что происходит в шубе, когда дует сильный ветер? Волоски шубы не пропускают ветра, среди них тихо.

Этим пользуются растения.

Зайди в лес во время ветра. Кругом шумит, верхушки деревьев качаются, а среди деревьев внизу тихо. А если нет ветра, то и вода испаряется, высыхает медленно.

Вот для того, чтобы защищаться от холода и от сильного высыхания, у некоторых растений на листьях, стеблях, чашечках находится целый густой лес волосиков, который составляет их шубу.

Посмотри на листья на обороте. Снизу они сизые – это от того, что снизу они покрыты шубой из волосков. А у серебристого тополя молодые листочки с обеих сторон покрыты шубкой, которая бережет их от холода

「植物的皮襖」

植物與氣候

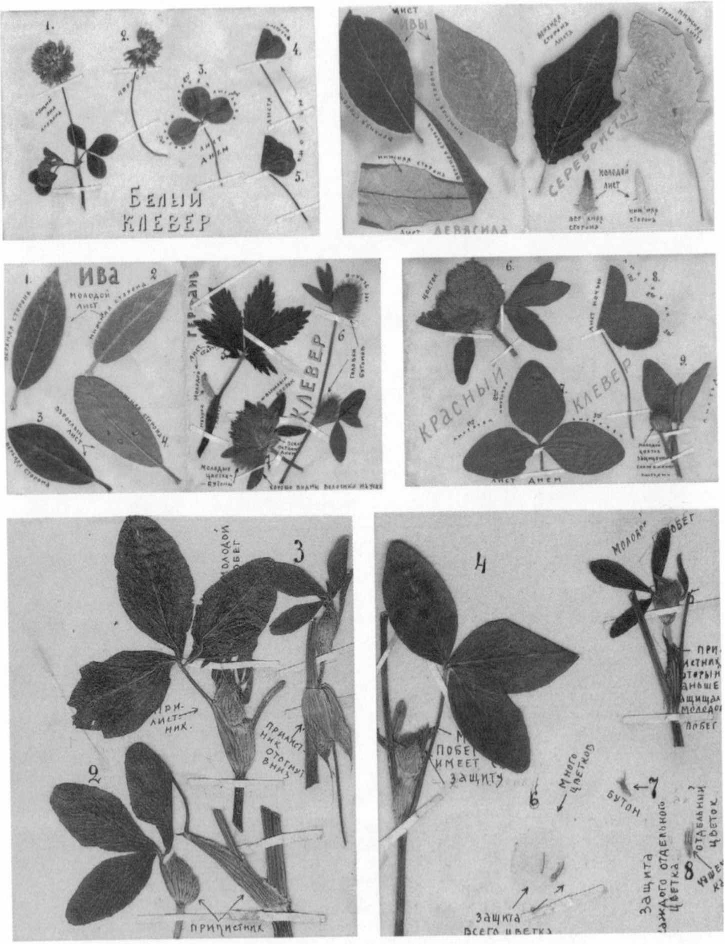

白三葉，柳葉，銀白楊，紅三葉……

自然現象

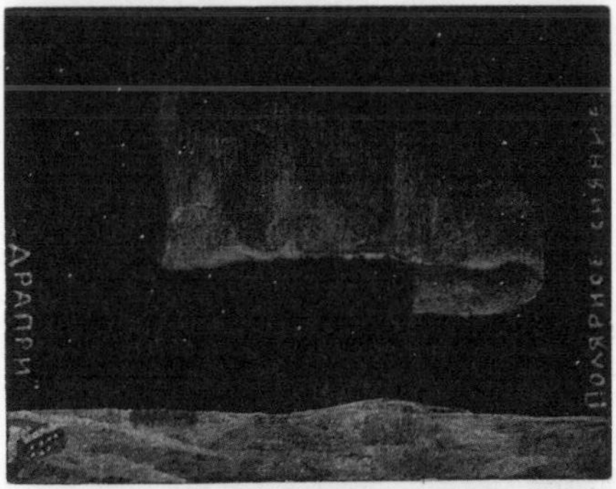

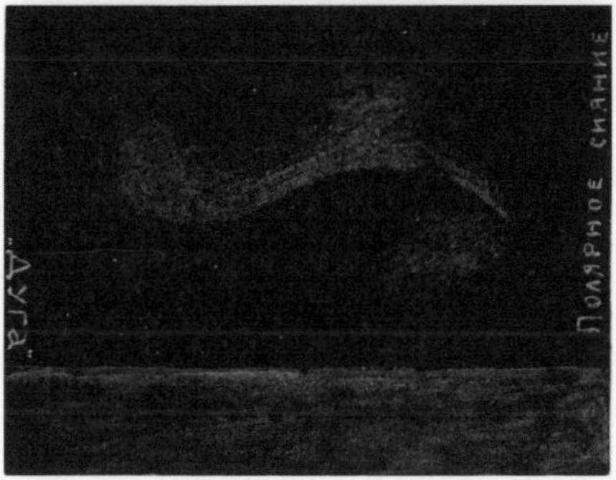

「我做了十幾場關於極光的講座。我見過許多次極光，通常是拱形的，但有一次我看到一張綠色的線編成的毯子在空中閃爍，輕輕飄動，彷彿有風吹拂。」

（信件，1936 年 3 月 22 日）

信件

Дорогая моя звездочка
Элечка!
Посылаю тебе рисунок
снегиревого гнезда. Он
устраивает свое гнездыш
ко на ветках дерева не
высоко от земли. Направо
его яичко в на-
туральную вели- чину

Дорогая моя звездочка Элечка!
В последнем письме
я послал тебе гнез-
дышко снегиря. Сей-
час, по твоему пору-
чению, посылаю гнез-
дышко ва-
ракушки.

「你收到灰雀和瓦拉庫茶了嗎？」
（最後一封信，1937 年 9 月 19 日）

*瓦拉庫茶是一種背呈藍色、腹部呈褐色的鳥，酷似山雀。

信件

Дорогая моя
звездочка Элечка!
Наконец-то и к нам при-
ходит весна. Правда, нет
настоящего южного и да-
же московского тепла, но
деревья уже распускаются,
я уже варил себе моло-
дую крапиву, прилетели кри-
кливые чайки. Может быть
рябина

Дорогая моя звездочка Элечка!
Ты напи-
сала мне,
что не по-
лучила
черно-сере
бристой
лисы. Посылаю вторично ее портрет.
Она свободно бегает, не боится людей и

「你收到第二隻藍狐狸了嗎？」
（最後一封信，1937 年 9 月 19 日）

木馬文學 135

古拉格氣象學家
LE MÉTÉOROLOGUE

作　　者／奧立維・侯蘭（Olivier Rolin）
譯　　者／林苑
社　　長／陳蕙慧
副總編輯／戴偉傑
特約編輯／蔡琳森
校　　對／呂佳真
行銷企劃／陳雅雯、尹子麟、洪啟軒、姚立儷
電腦排版／中原造像股份有限公司

讀書共和國集團社長／郭重興
發行人兼出版總監／曾大福
出　　版／木馬文化事業股份有限公司
發　　行／遠足文化事業股份有限公司
地　　址／231 新北市新店區民權路 108 之 4 號 8 樓
電　　話／02-2218-1417
傳　　真／02-2218-0727
E m a i l／service@bookrep.com.tw
郵撥帳號／19588272 木馬文化事業股份有限公司
客服專線／0800221029
法律顧問／華洋國際專利商標事務所 蘇文生律師
印　　刷／中原造像股份有限公司
初版一刷／2020 年 2 月
定　　價／新台幣 320 元
I S B N ／978-986-359-738-4

國家圖書館出版品預行編目（CIP）資料

古拉格氣象學家／奧立維・侯蘭（Olivier Rolin）著；林苑譯. -- 初版. -- 新北市：木馬文化出版：遠足文化發行, 2020.2
224 面；13 X 18 公分
譯自：Le Météorologue
ISBN 978-986-359-738-4（平裝）
876.57　　108017804